天空の城

無茶の勘兵衛日月録19

時代小説

二見時代小説文庫

天空の城——無茶の勘兵衛日月録19

目次

酒井《さかい》大老の誤算 9
闇夜の白刃《はくじん》 42
尾行者と刺客《しかく》の正体 78
大目付、勘兵衛を口説《くど》く 116

本多中務《なかつかさ》大輔《たいふ》政長の死 153
悪事千里を走る 188
越後高田騒動の陰で 219
九・六騒動の決着 253
天《あめ》の海に浮かぶ亀山《かめやま》城 278

『天空《てんくう》の城──無茶の勘兵衛日月録19』の主な登場人物

落合勘兵衛《おちあいかんべえ》……越前大野藩江戸詰の御耳役《おみみやく》。新妻園枝《そのえ》と露月町《ろげつちょう》の町宿《ちょうしゅく》に住まう。

園枝《そのえ》……勘兵衛の新妻。越前大野藩大目付・塩川益右衛門《しおかわますえもん》の娘。

松平直明《まつだいらなおあきら》……前の越前大野藩藩主・松平直良《なおよし》の嫡男。幼名左門《さもん》。襲封《しゅうほう》が許され藩主となる。

松田与左衛門吉勝《まつだよざえもんよしかつ》……越前大野藩の江戸留守居役。落合勘兵衛の上司。

新高八次郎《にいたかはちじろう》……勘兵衛が密かに団栗八《どんぐりはち》と綽名《あだな》している、食い意地のはった勘兵衛の若党。

酒井雅楽頭忠清《さかいうたのかみただきよ》……幕府の大老。越前大野藩にとっては天敵のような存在。

松平光長《まつだいらみつなが》……越後高田藩藩主。越前松平家の宗家を自負し、大老酒井雅楽頭と気脈を通ずる。

小栗美作《おぐりみまさか》……越後高田藩筆頭家老。越前大野藩、大和郡山本藩へ何度も謀略を仕掛ける。

永見大蔵《ながみおおくら》……越後高田藩藩主・松平光長の異母兄弟。越後高田藩の世継候補。

大岡忠種《おおおかただたね》(忠勝《ただとう》改め)……幕府の大目付。水面下で幕府大老・酒井の横暴に敵対。勘兵衛の理解者。

松平直堅《まつだいらなおかた》……福井藩主だった松平光通《みつみち》の隠し子。大叔父松平直良《なおよし》に名を与えられ大名並に。

落合藤次郎《おちあいとうじろう》……勘兵衛の弟。大和郡山本藩の隠し目付として日高と共に敵の謀略を探る。

日高信義《ひだかのぶよし》……大和郡山本藩国家老の側用人。藩主暗殺を企む分藩の動きを追跡。

都築惣左衛門《つづきそうざえもん》……大和郡山本藩の国家老。

本多出雲守政利《もんだいずものかみまさとし》……大和郡山分藩の藩主。本藩の簒奪に執念を燃やす。

越前松平家関連図（延宝６年：1678年７月時点）

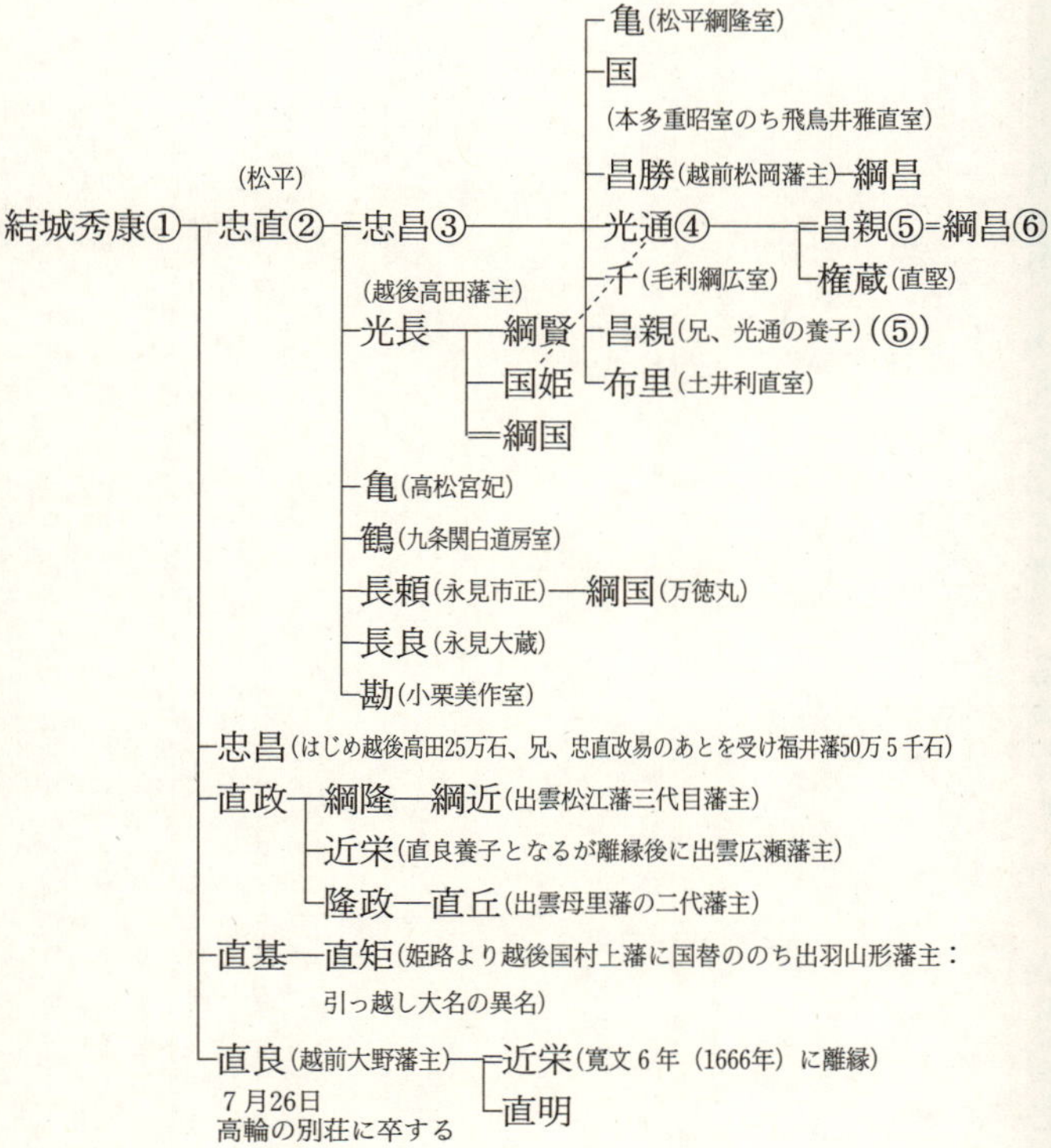

註：＝は養子関係。〇数字は越前福井藩主の順を、------は夫婦関係を示す。

酒井《さかい》大老の誤算

1

延宝《えんぽう》七年（一六七九）の新年が明けた。

のっけから蘊蓄《うんちく》を垂れるようで、まことに悩ましいのだが、旧暦の正月には多数の呼び名がある。

まずは、太郎月《たろうづき》。

太郎には物事の始め、という意味がある。

ほかには孟春《もうしゅん》、早緑月《さみどりつき》、初空月《はつそらづき》だの霞初月《かすみそめづき》だの萌月《もゆづき》だのと、おそらくは三十を超える別名があるようだが、睦月《むつき》以外は、ほぼ死語といってもいいだろう。

ところで、この年の元旦は、一昨年の十二月に閏《うるう》月が入ったため、昨年の暮れのうちに立春が過ぎてしまった。

つまりは、この年の元日を現代の暦《こよみ》に直せば、二月の十一日に相当して、まだ気温は低いものの梅の蕾《つぼみ》が今にも開こうか、というほどに膨らんでいる。

この日、勘兵衛《かんべえ》は、まだ七ツ半（午前五時）前の払暁《ふつぎょう》の時刻に——。

「行ってらっしゃいませ」

と燭台《しょくだい》を持った妻の園枝《そのえ》に見送られて、熨斗目半袴《のしめはんばかま》に裃《かみしも》をつけた礼装で露月町《ろげつちょう》の町宿《ちょうしゅく》（江戸屋敷外部に与えられた住居）を出た。

吐く息が白い。

（ふむ……）

心のどこかでは——。

（元旦くらいは、のんびり家族と過ごしたいものだが……）

とも思い、

（いや、いや、今朝ばかりは……）

なにがなんでも、新しい殿さまのお見送りをせねばならぬ。

そんな義務感のようなものも、心の裡《うち》に抱いていた。

と、いうのも——。

越前大野藩《えちぜんおおのはん》においては、旧主の松平直良《まつだいらなおよし》公が七十五歳で昨年の夏六月に身罷《みまか》られ、嫡男の直明《なおあきら》に幕府より襲封《しゅうほう》の許しが出たのが、その年の秋八月二十一日のことであった。

　そして江戸城においては例年、正月元旦から三日にかけて、身分、格式により日を分けて、新年の賀礼《がれい》がおこなわれる。

　すなわち元日には、御三家に譜代《ふだい》大名、将軍家に縁故がある外様《とざま》大名に交替寄合《こうたいよりあい》（江戸定府《じょうふ》ではなく、参勤交代をおこなう旗本の家格）などなどが登城して大広間にて御礼をおこなう。

　二日は御三家の嫡子に外様大名、万石以下の従五位《じゅごい》の旗本などなど、三日には無位無冠の大名に寄合（三千石以上の無役の旗本）、五百石以上の無役旗本に御用達《ごようたし》町人らが登城して年始の御礼をおこなうのだ。

　で、もって、新たに国持ち大名を受け継いだ我が殿は、いわずと知れた御譜代にくわえ、小藩ながらも将軍家に連なる制外《せいがい》の家でもあった。

　つまりは、主君の松平直明にとっては、今回初めて、きょう元日に新年の賀儀に参列するのである。

　特に新年のこととて、諸侯、群臣は供廻りを美美《びび》しく飾って登城する。

また新藩主の供廻りには、若ぎみ付家老から江戸家老見習に昇格した伊波利三《いなみとしぞう》、そして同じく、江戸屋敷小姓頭となった塩川七之丞《しおかわしちのじょう》もくわわっていた。

二人は、勘兵衛の幼いころからの親友であり、七之丞は園枝の兄にもあたる。

(なにがなんでも、その晴れ姿を見送ってやらねばならぬ)

勘兵衛は薄明《はくめい》にはまだ遠い、濃紺というより藍鉄《あいてつ》色の空の下、両側に海鼠壁《なまこかべ》が連なる道を、白い息を吐きながら愛宕下《あたごした》の江戸屋敷に向けて進んだ、
月明かりはないが、左右に連なる大名屋敷や寄合屋敷などの番所から漏れる灯り、はたまた賀正の高張提灯《たかはりぢょうちん》を掲げた武家屋敷もあって、提灯も不要であった。

とりわけ、越後新発田藩《えちごしばたはん》六万石、溝口土佐守《みぞぐちとさのかみ》江戸屋敷の御門前から秋田小路《あきたこうじ》に入ると、小路は灯火にあふれていた。

というのも、越前大野藩邸の斜め向かいに位置する伊予松山藩《いよまつやまはん》十五万石江戸屋敷は、将軍家御家門のひとつでもある。

ゆえに、きょうの登城の支度中らしく、両開きの表御門こそ閉じられているものの、高張提灯が立ち並び、海鼠塀ごしにも騒《ざわ》つく様子が感じられた。

ちなみに、当主は松平定直《さだなお》で従五位下淡路守《あわじのかみ》、この年の秋には従四位下に昇って隠《お》岐守《きのかみ》に転じる。

一方、勘兵衛の新しい主となった直明のほうは、十年前の十四歳で従五位下に叙されて、若狭守《わかさのかみ》を名乗ったが、四年前に従四位下に昇っている。

位階について、わざわざ取り上げたのはほかでもない。

官位が従四位下以上になると四品《しほん》入りとなり、官位の差によって、江戸城登城のときの礼服が変わるのである。

もうひとつ、ついでに述べることがある。

諸大名が毎月一日と、十五日（幕府の年中行事と重なるときは晦日《みそか》となる月もある）の月に二回江戸城へ登る月次《つきなみ》御礼については、これまでも、しばしば述べてきた。

月に二度の月次御礼以外にも、江戸在府の大名は五節句にも、登城が義務づけられている。

都合、少なくとも年に二十九回の登城日が指定されているわけだ。

ところで、元日の賀儀慶会にかぎり、あとの二十八回とは大きく異なる点が、ひとつある。

登城時刻であった。

月次御礼や五節句では、登城時刻が五ツ（午前八時）なのに対し、正月元日だけは六ツ半（午前七時）と半刻（一時間）も早い。

これは元日の、江戸城内での諸行事がひしめいているせいでもあるのだが、譜代大名たちにとっても、なかなかの負担であった。

とりわけ、江戸城大手門から遠いところに上屋敷を賜わった者たちにとっては、それだけ負担も大きくなる。

なにはともあれ、勘兵衛が、払暁の時刻に江戸屋敷へ向かうのは、そのようなわけだ。

2

越前大野藩上屋敷もまた、伊予松山藩同様に灯火があふれ、さんざめく気配が伝わってくる。

登城支度に追われているのであろう。

この上屋敷には三つの門がある、表御門に御裏御門と切手《きって》御門である。

御裏御門が開くことは、ほとんどなく、たとえば火災の折などに中奥《なかおく》、奥向きの避難用と考えればよい。

そして切手門は、藩士や又家来《またげらい》、中間《ちゅうげん》などの通用門であった。

例のごとく、その切手門から勘兵衛は入り、表御門内のぞめきを背にして、江戸留守居役の役宅へ向かう。

役宅に入ると、まっすぐに伸びる廊下には、ところどころに金網行灯《あんどん》が配されていて、黒光りする廊下板が、てらりと光っていた。

江戸留守居役である松田与左衛門《まつだよざえもん》の用人の新高陣八《にいたかじんぱち》と、その長男であり松田若党の新高八郎太《はちろうた》は、大晦日から正月二日まで、善右衛門《ぜんえもん》町《ちょう》にある陣八の町宿に帰っている。

勘兵衛もまた例年のごとく、若党の新高八次郎《はちじろう》を、母親のおふくが一人で守る善右衛門町の町宿に帰していた。

(今ごろは、親子四人、和《なご》やかな正月を迎えているのだろうな……)

そんなことを思いながら、勘兵衛は執務部屋へ進むと襖ごしに、

「ごめん。落合《おちあい》勘兵衛でございます」

と、声をかけた。

「おう、入れ」

松田の返事があった。

襖を開くと、松田はいつもの執務机の前ではなく、座敷中央あたりに熨斗目半袴に

裃姿で端然と座していた。

いつもなら、そのまま執務部屋に入るところを勘兵衛は、敷居前で正座をし、

「新年おめでとうございます。本年もどうかよろしくお願い申し上げます」

深ぶかと頭《こうべ》を垂れた。

「ふむ。おめでとう。こちらこそよしなに頼む。まあ、挨拶は、それくらいにして早う入れ」

「は」

とりあえずは、いつものように手にした腰の物を刀架にかけた。

「朝も早うから、ご苦労であったな。寒かったろう。こちらにきて手を焙《あぶ》れ」

優しい声で松田が言う。

「おや。珍しい火鉢でございますな」

勘兵衛が初めて目にする火鉢の脇に、勘兵衛のためらしい座布団が置かれていた。

真鍮製《しんちゆうせい》らしい、つばの広い丸火鉢には鉄瓶《てつびん》がかけられ、シュンシュンと白い湯気が立ち昇っているが、早朝のこととて、いまだ部屋は温まってはいなかった。

丸火鉢の広いつばの上には、松田の湯飲みが置かれている。

「とりあえずは、座れ」

「はい。では失礼をば……」

素直に座布団に座ると、

「出涸《でが》らしになっとるかもしれんが、まずは茶など服してはどうじゃ。少しは暖《あった》まろうぞ」

松田と勘兵衛の脇には、盆上に急須《きゅうす》と、いつも勘兵衛が使っている湯飲みが伏せられていた。

「おことばに甘えまして」

急須に鉄瓶から湯を注いで、茶を一服したのち、松田同様に丸火鉢のつばの上に湯飲みを置いて、

「それにしても、珍しい火鉢でございますな」

「おう、これはな……」

松田が言う。

「まだ、わしが江戸側役《そばやく》であったころに、先の殿さまから頂戴したものじゃ。もったいのうて仕舞い込んでおいたのじゃが、この新年から使おうと思うてな……」

やや、声が湿ってきた。

松田の心情が、勘兵衛には理解できる。

松田与左衛門は、元は故郷である越前大野の城下町で、[松田屋]という油問屋の跡継ぎであったのだが、先君の直良公に見いだされて、二十七歳のときに江戸側役の職についたのだ。

以来、三十七年……。

その間、ひそかに先君の嫡子である直明(幼名は左門《さもん》)を出産させて傅役《もりやく》となり、赤子を暗殺の魔手から守り育て、ついには虎口《ここう》に飛び込んでいる。

というのも、左門ぎみが三歳になったとき、潜んでいた江戸を発ち、一路越前大野へと向かったのだ。

そして、すでに先君の養子となっていた松平近栄《ちかよし》が住む、越前大野城の二ノ丸内に敢えて左門ぎみと、その生母であるお布利《ふり》の方《かた》と居住して、跡目争いを繰り広げた、という過去がある(第一巻:山峡の城)。

そのときから足かけ七年——。

寛文《かんぶん》六年(一六六六)になって、先君は松平近栄との養子縁組を解き、近栄は兄の松平綱隆《つなたか》から出雲松江藩《いずもまつえはん》の所領のうち、三万石を譲与されて、出雲広瀬《ひろせ》藩を立藩した。

そうして、今の松平直明がある。

(そんな、こんなの感慨を、心にのぼらせておいでなのだろう)

松田の心中を忖度《そんたく》している勘兵衛に、松田は続けた。

「で、この火鉢じゃが、獅嚙《しがみ》火鉢というてな……」

「ははあ、しがみ火鉢というのですか」

「さよう。全体は真鍮製じゃが、台座は樫《かし》の木で、ほれ、台座と火鉢を繋いでおるのは、三つの獅子頭《ししがしら》じゃ」

身体を横に傾けて火鉢の底のほうを確かめると、なるほど、丸火鉢の底部を獅子頭が支えていた。

「そういえば、獅嚙《しがみ》の兜《かぶと》というのがある、と聞いたことがありますが、そのしがみでしょうか」

「そうじゃ。その獅嚙よ」

「それにしても、贅沢《ぜいたく》な代物《しろもの》でございますなあ」

「そうじゃのう。じゃが、今年一年は俸給が一割減るわけじゃから、なにかと始末をつけねばならぬ。まあ、その代わり、というてはなんだが、気持ちだけでも贅沢を味わうのもよかろうか、と思うてな」

「そうでございましたか。はい。わたしも、今年は倹約に励むよう、妻に伝えておきました」

「おう、そうだったか」

というのも昨年の七月半ば過ぎに、直明襲封に陪《ばい》する準備で大名分の津田富信《つだとみのぶ》と、家老の津田信澄《のぶすみ》の二人が江戸屋敷に着いた。

両津田家は、織田信長《おだのぶなが》の家系に繫がる名家である。

少しばかり、七面倒な話になるが、この両津田家が越前大野藩にとっては特別の家で、なおかつ将軍家とどう関わっているのかを、なるべく簡潔に記しておきたい。

両津田家の祖先は、信長の叔父にあたる犬山《いぬやま》城主の織田信康《のぶやす》であり、その嫡男の信《のぶ》清《きよ》は信長の妹を娶《めと》りながら信長に反旗を翻し、やがて落城する。

敗れた信清は武田家を頼って甲斐《かい》に逃げ、その子の信益《のぶます》は、二代将軍の徳川秀忠《ひでただ》の正室であった小姫《おひめ》（信長の姪にして豊臣秀吉《とよとみひでよし》の養女）の口利きで越前松平家の祖、結《ゆう》城秀康《きひでやす》に預けられることになった。

このとき信益は織田の姓を捨て、津田を名乗るのだが、その津田信益の長女である奈和子《なわこ》が結城秀康の側室となって、生まれてきたのが先君の松平直良なのである。

さて、その大名分の津田富信が、江戸に到着してすぐに江戸の本両替商に接触したのを、勘兵衛が偶然に気づいた。

調べたところ、越前福井藩《えちぜんふくいはん》、前藩主の松平昌親《まさちか》が仕掛けた罠《わな》らしいことが判明する。

実は越前大野藩にとっては、天敵ともいえる存在があった。

まずは幕府大老の酒井雅楽頭《うたのかみ》、また大老と気脈を通じる越後高田《えちごたかだ》藩主の松平光長《みつなが》と、その家老である小栗美作《おぐりみまさか》、さらには越前福井の松平昌親も、酒井大老に取り込まれた一人である。

だが、その天敵一統の全体像を察知しているのは、松田と勘兵衛と、忍び目付の服部源次右衛門《はっとりげんじえもん》一統のみにて、あくまで秘中の秘、勘兵衛の父である目付の孫兵衛《まごべえ》さえ知らぬことだ。

というのも、酒井大老の権勢をおそれる重役衆が必ずや出ることを懸念しての、松田の深慮遠謀だった。

いずれにせよ、本両替商から借財をさせる罠を、裏から糸を引いているのは酒井大老との見解は、松田と勘兵衛の一致した結論である。

越前大野藩を借金まみれにしたのちに、機を見て、藩政芳《かんば》しからずとの理由で、直明を隠居させる。

そして、そのあとに越後高田藩家老、小栗美作の頭痛の種となっている永見大蔵《ながみおおくら》（光長の異母弟）を押し込んで、天敵一統の四方を丸く収めよう、というのが、借財の罠だと松田は解釈していた。

ところで大名分の津田富信が、その罠に引っかかったきっかけは、国許で新たに開発した弥四郎谷《やしろうだに》銅山の鉱毒の始末に困窮したからだ。

前国家老の銀山不正に、郡奉行《こおりぶぎょう》の米不正が重なって、藩庫は著しく乏しくなり、すでに借財も増えている。

それを挽回すべく、さらに借財を重ねて弥四郎谷に銅鉱山を開発したのだが、次には、その鉱毒で田畑がやられて凶作は必至。

そこで銅山排水経路の改善に、田畑の修復、さらには銅山鉱毒の保障と――。

併せて見積もれば、ざっと銀四十貫、小判にして八百両の工面《くめん》がどうにもつかず、津田富信は江戸の本両替商から大名貸しを受け、この際、これまであちこちにある借財も一本にまとめよう、との意図を持っていた。

松田は、これに待ったをかけ、大名貸しがいかに危険かを実数字をもって説き、説得に成功した。

で、家臣に奉加帳をまわして金を集め、八百両に満たない分は、自分が責任をもって掻き集める、とまで大見得《おおみえ》を切っている。

結果、国許にて奉加帳をまわしたところ、なんと三百十両がところが集まり、その後の重役会議の結果、八十石以上の家士の俸給を一年分のみ一割減ずることで、辻褄《つじつま》が合うとの結論が出た。

勘兵衛の俸禄は百石なので、十石削られるが、実のところ江戸詰の手当もあるし、それほど窮屈な暮らしにはなるまい、との胸算盤《むなそろばん》をおいている。

3

勘兵衛がふと見ると、松田は羅紗《らしゃ》の膝掛けの内に両手を突っ込んでいた。

そんな勘兵衛の視線に気づいたか、松田はにやりと笑い、右手を膝掛けから出すと、羅紗をめくって言った。

「ほれ、中には、こうして行火《あんか》を仕込んでおるのよ。いやあ、年はとりたくないものじゃ」

「なんの。お元気でいらっしゃいます」

「気休めを言うではない。還暦を過ぎたころより、寝起きに両手の指が強《こわ》ばっての。寒い日には、それがひどうて筆遣いや箸遣いも、ままならぬありさまじゃ」

「そうで、ございましたか」

まるで勘兵衛は気づいていなかった。

「それだけではない。きのうまでできたことが、きょうはできぬ、ということも、ままあるのじゃ。おまえはまだ若いゆえ気づかぬじゃろうが、年をとるということは、そういうことじゃ」

「ははあ……」

返すことばが見つからない。

「どれ、どれ……」

独りごちるように膝掛けから両手を出した松田が、左右の手を結んだり開いたりを繰り返し、

「ふむ。ずいぶんとましになった」

言って、湯飲みに手を伸ばし、一口飲んだあとに、

「ところでのう、勘兵衛」

「はい」

「昨年の、［かりがね］での話じゃ」

「ははあ」

ちらりと動いた勘兵衛の視線に気づいた松田が、

「心配はいらぬ。平川《ひらかわ》なら本殿前じゃ。登城の支度が調えば、知らせにくる段取りに

なっておる」

「さようで、ございましたか」

平川武太夫《ぶだゆう》は松田の手元役で、いつもはこの執務部屋の裏部屋に控えていた。律儀者ではあるが、機密に関わる話のときは、常常、平川の耳には入らぬように、これまで用心を重ねてきた。

松田が言う［かりがね］は、機密というほどのものではないが、松田が妾《めかけ》に切り盛りさせている芝神明宮《しばしんめいぐう》に近い茶漬け屋で、そのことを知る者はきわめて少ない。

昨年の師走《しわす》の初旬に［かりがね］において、勘兵衛は習いはじめたばかりの囲碁を松田と打ちながら、甲府公綱重《つなしげ》の急死について、稲葉《いなば》老中から届いた、という書簡の内容を教えられたものだ。

「まあ、なんということはないのだが、その後に稲葉さまから追伸《ついしん》があって、一部に誤りがあったというので、おまえの耳にも入れておこうか、と思うてな」

「それは、ありがたいことでございます。で、誤りというのは？」

「ふむ。たしか、あの折に、甲府公頓死《とんし》の翌月に、館林家《たてばやしけ》家老の大久保某《おおくぼなにがし》が、不良のおこないがあったとして、因幡鳥取藩《いなばとっとりはん》、池田光仲《いけだみつなか》さまの江戸屋敷にお預けになったと話したな」

「はい。そのように……」

勘兵衛たちは甲府公の死を、大老主導による毒殺だった、と睨んでいる。

おそらくは、甲府公急死に疑いを持った大久保家老が危機感をつのらせ、事の真相を探ろうと動きはじめ、それを煙たく感じた大老の専断による処分だと考えていた。

松田は懐から、ときおり見かける手控え帳を取り出してめくり――。

「あれから、わしも調べてみたのだがな。その家老は大久保和泉守正朝《いずみのかみまさとも》というて、元は御小姓組三番組頭であったのが、寛文元年（一六六一）に、館林家の付《つけ》家老を任命されたのじゃ」

「ははあ……」

おそらくは旗本で、幕臣だということらしい。

「で、まちがいというのは、その大久保家老のお預け先じゃ。池田さま江戸屋敷ではなくて、お国許の因幡鳥取の城下が正しいそうだ」

「なるほど。遠うございますな」

「いつもの大老のやり口よ」

もはや怒りも見せず、松田がさらりと答えた。

お預け、というのは武家の刑罰のひとつで、御目見《おめみえ》以上、あるいは五百石以上の旗本が罪を犯した場合、大名家への預《あずけ》となって、身柄を拘束される。

これは未決勾留に匹敵して、審判の結果、赦免《しゃめん》がおこなわれる可能性があるが、生涯、赦免されない場合は〈永《なが》のお預け〉と呼んだ。

「館林公家老の処罰が昨年の十月、その翌月には甲府さまの新見《にいみ》家老が、以後、政《まつりごと》に関わることなく、甲府にて閑居せよとの命《めい》にて、江戸を追われたのでしたね」

「そうじゃ。新見どのも主君の頓死の真相を知るべく、動きまわったせいであろう。まあ、新見どのは幕臣でもなく名家ゆえ、大久保どののように預けというわけにもいかず、国許にて閑居せよ、くらいですませたのじゃろう。そして新たに甲府家には、書院番頭の岡部定直《おかべさだなお》という者が付家老として送り込まれたというぞ」

「ま、江戸から遠く追いやる、という手法に変わりはありませんが……」

「そういうことじゃなあ。ああ、それと、もうひとつ、つけくわえることがある」

「なんでしょう」

「うむ、これも稲葉さまの追伸に記されていたことじゃが、将軍さま側室の、お満流《まる》の方が、昨年の十月に懐妊なされた、というのじゃよ」

「え、まことでございますか」

思わず勘兵衛の目が丸くなった。

「御老中が言われることじゃ。たしかであろう。お満流の方というのは、禄高四百俵という小旗本、佐脇安清《さわきやすきよ》の娘だそうだが、二年前に将軍側室として大奥に上がり、めでたく懐妊したというのじゃ」

「すると……すると、いったい甲府さま一件につきましては……?」

「そういうことじゃ。酒井のやつも、さぞ歯嚙みしたであろうな。お満流の方の懐妊が、あとひと月も早ければ、甲府公も、むざむざ暗殺されることもなかったかもしれぬでな」

「そう、なりますなあ」

4

前将軍の三代家光《いえみつ》は五人の男児に恵まれたが、うち二人は夭折《ようせつ》し、長男であった家《いえ》綱《つな》が父の家光の死去により、わずか十一歳で四代将軍を世襲《せいしゅう》した。

家綱には綱重（甲府公）と綱吉《つなよし》（館林公）と、二人の異母弟がいたが、三十歳を超えても子宝に恵まれない。

しかも家綱は幼少より病弱なところがあり、このままいくと、次期将軍には綱重や綱吉という可能性が出てきた。

それを快く思わない人物がいた。

越後高田藩主の松平光長である。

父は家康の孫、母は二代将軍秀忠の娘と、血筋を誇示する光長にとっては、綱重や綱吉は御血筋が悪いと、公言して憚《はばか》らないところがあった。

というのも綱重の母は、御末《おすえ》と呼ばれる、大奥でも最下級の女中で、御湯殿の当番のときに家光の手がついて産まれた子で、〈湯殿の子〉と陰口をたたかれた。

また綱吉の母も、京の八百屋の娘であったため、光長によれば下賤《げせん》の血が混じっている、ということになる。

それゆえ光長は、若いときから二人を忌避《きひ》する嫌《きら》いがあった。

これに同調したのが、光長とは肝胆相照《かんたんあいて》らす仲の酒井忠清《ただきよ》である。

忠清は、政敵ともいえる酒井忠朝《ただとも》を策謀によって破滅させ、江戸幕府奏者番を皮切りに、老中首座となり、十三年前には大老にまで昇りつめた（第十一巻：月下の蛇）。

だが、誤算も生じている。

というのも、光長同様に忠清も、綱重、綱吉の兄弟の血筋の悪さに言及したことが知られている。

まさかに将軍の家綱に嫡男が生まれず、しばしば養子問題が取り沙汰されるようになってあわてたが、もう遅い。

甲府綱重公が次期将軍候補の筆頭と目《もく》され、もし万一にも、そうなれば権力の座から引きずり下ろされるのは必定で、それが綱重公暗殺の引き金となった。

実は勘兵衛は、主君、直明の正室である仙姫の実父が、大老が若いころに破滅させた酒井忠朝である詳しい経緯を、大目付である大岡忠勝《おおおかただとう》（三年前に忠種《ただたね》と改名）に教えられていた。

だが勘兵衛の一存で、それらは自分の胸の内に秘めて、松田も知らない。

（つまるところ大老は、お満流の方の懐妊により、二度目の誤算が生じたことになろうか……）

勘兵衛が、そんな想いを抱いているとも知らず、松田が続けた。

「酒井のやつは、足元をすくわれた想いであろうよ。しかし、あやつのことじゃ。次の標的として狙われるのは、お満流の方かもしれんなあ」

「あり得ることです。しかし、稲葉老中が、なにか手を打つのではありませんか」

「どうじゃろう。いかに老中とはいえど、大奥内部にまでは、とても手がまわらぬのではなかろうか」

「しかし、まあ、生まれきたるのが男児とは限りません」

「そういうことじゃな。もし、そうなれば酒井のやつの目論見《もくろみ》は画餅《がへい》に帰すこととなろうな。さて、運を天に任せるか、それとも乾坤一擲《けんこんいってき》の勝負に出るか、酒井のやつの出方が見ものじゃ」

きょうの松田は、大老を酒井のやつ、と連発した。

そんなこんなを、あれこれ話し込んでいるうちに、廊下で幽《かす》かな足音がした。

「平川のようじゃな」

そのままでいろ、というふうに松田は勘兵衛を手で制して立ち上がり、執務机へと向かう。

松田が、手にした手控え帳を執務机の文庫に放り入れたところで襖ごしに、

「武太夫でございます」

と、声がかかった。

松田が頷くのを見て勘兵衛が、

「落合勘兵衛でござる。どうぞ入られよ」

声をかけると襖が開き、

「あ、これは落合さま。旧年中はいかいお世話になり申した。新年おめでとうござい

ます。本年も、どうかよろしくお引きまわしのほど、衷心《ちゅうしん》よりお願い申し上げます」

平川武太夫は、敷居の向こうで正座をして、這いつくばるように頭を下げた。

「新年おめでとうござる。こちらこそ、よろしくお願い申す」

勘兵衛も礼を返して、

「ま、膝を進められよ」

そのときには、松田も立ち戻ってきたのを見て、武太夫が言う。

「いや、ここにて……。松田さま、御発駕《ごはつが》の準備が整うてございます」

「そうか。ご苦労じゃった。では勘兵衛、まいろうか」

「はい」

勘兵衛も立ち上がり、刀架に大刀を残したまま、松田とともに執務室を出た。

「武太夫。すまぬが急須の茶葉を取り替えて、火鉢には炭を足《た》しておいてくれるか」

廊下脇で控えている平川に言う。

「承知いたしました。湯飲みも洗い、鉄瓶の湯も足しておきましょう」

「頼んだぞ。なに、小半刻（三十分）もかからんだろうがな」

5

まだ明け六ツ（午前六時）の鐘も鳴らない薄明のころ、松田と勘兵衛は留守居役宅を出た。

本殿前では、すでに供廻りが打ち揃っている。

大名が乗る駕籠は乗物《のりもの》と呼ばれるが、すでに式台《しきだい》に鎮座されており、その先の玄関上には伊波利三と塩川七之丞の姿があった。

殿のお出ましを待っているところだ。

式台というのは、玄関の上がり框《かまち》より一段低いところに設けられた板張り段で、本来は身分の高い来客を駕籠ごと迎える場所であるが、草履《ぞうり》を履かずに乗物に乗れるので、殿の江戸城登城の際にも利用されている。

越前大野藩が参勤交代の際に使う乗物は、正式には黒漆塗網代駕籠《こくしつぬりあじろかご》というのだが、これはあくまで道中用で、大名の乗物については、〈武家諸法度《ぶけしょはっと》〉で身分格式によって厳しく制限されていた。

すなわち大名については、打揚腰網代駕籠《うちあげこしあじろかご》、あるいは腰網代駕籠か腰黒《こしぐろ》駕籠のいずれか、と定められ、陸尺《ろくしゃく》（駕籠担ぎ）の数も国持大名は交代要員を含めて六人と決められている。

式台にあるのは、そのうち、腰網代駕籠と呼ばれるものであった。

待つほどもなく、松平直明が玄関に姿を現わし、そのあとから江戸家老の間宮定良《まみやさだよし》、小姓衆の見送りを受けて乗物に入った。

直明の衣装は、従四位下の位階にのっとり長直垂《ながひたたれ》に狩衣《かりぎぬ》に指貫《さしぬき》（直衣《のうし》あるいは狩衣のときにつける袴）、頭には風折烏帽子《かざおりえぼし》といういでたちだった。

素早く四人の陸尺が駆け寄り乗物が上がり、供廻りも規定の隊列を整えて、両開きの表御門から仰仰《ぎょうぎょう》しく出て行く。

「無事、出発されたな」

「はあ」

松田の声に勘兵衛は応じたが、どうにもあっけない気分であった。

新しい殿と、友の晴れ姿を見ようと思ったのだが、ついに視線を交わすこともなく、なにやら儀礼的な出発が、あたふたと終わった感が否めない。

「いや、すっかり冷えた。戻ろうか」

「はい」

二人して、踵《きびす》を返す。

再び執務室に戻ると、さすがに温かい。

火鉢の鉄瓶は、湯気を上げている。

「まあ、座ろう」

二人して火鉢前に座ると、傍らの盆上には急須と、湯飲みが二つ伏せられていた。

平川の仕事であろう。

「茶でも淹《い》れましょうか」

勘兵衛が尋ねると、

「まだ良い。それにしても殿も大変じゃや。この七日には、人日《じんじつ》の節句（五節句のひとつで七草粥《ななくさがゆ》を祝う。江戸城においては〈若菜《わかな》のお祝い〉という）で、また登城せねばならぬからのう」

「ほんに、ご苦労なことでございます」

「というても、仕事といえば、それくらいじゃからな。まあ、文句も言わず、出かけてくれるんで助かる」

「…………」

愚行の振る舞いが多かった直明だが、近ごろは、めっきりおとなしくなった。

直明を赤子のころから育てた松田にとっては、ようやく愁眉《しゅうび》を開いたといえよう。

「それより勘兵衛、朝食は摂ったか」

その松田が尋ねてくる。

「いえ、屠蘇酒《とそしゅ》のみにて」

「そうじゃろうな。わしとて同じじゃ。できれば。御節振舞《おせちぶるまい》などしてやりたいところじゃが、それでは園枝どのがさびしがろう。せめて雑煮でも食うてから戻らんか」

「それは、ありがたいことでございます」

「ふむ。これ、武太夫はおるか」

すぐにも顔を出した平川に、

「すまぬが、雑煮を二椀、所望《しょもう》じゃ」

「はい。餅は何個入れましょう?」

「そうじゃな。おまえは、いくつ入れる」

「そうですね。では、二個ほど」

「わしもそうしよう。では武太夫、頼んだぞ」

「承知いたしました。しばしのご猶予を……」

この役宅の奥には賄所《まかないどころ》が付随している。

「明けて、わしゃ六十二になったが、勘兵衛は殿と同い年の生まれじゃから、二十四歳になるのか」

「はい。さようでございます。と申しましても、わたしは三月の生まれ……。殿は、たしか正月の生まれでございましたな」

「そう。正月の五日じゃ。そうか。おまえの誕生は二ヶ月のちか。いや若いのう。今年は、なにか抱負はあるか」

などと雑談をしているうちに、明け六ツ（午前六時）の鐘が聞こえた。

といっても、日の出までは小半刻ほどもあり、庭に面する障子には光がない。

そうこうするうちに、雑煮が届いた。

勘兵衛は立ち上がると、まずは一膳を松田に運び、もう一膳も運び込む。

「おせちの準備もできておりますが、いかがいたしましょう」

敷居向こうで平川が尋ねると、松田が答えた。

「雑煮を食い終わったら、勘兵衛は町宿へ戻るでな。そののちに、おせちと一合ほどの燗酒を頼みたい。それが終われば、武太夫、そなたも中食《ちゆうじき》どきまでは役宅に戻って、家族と過ごしていいぞ」

「お心遣い、まことに忝《かたじけ》のうございます」

平川は満面に喜色を浮かべたのち、襖を閉じた。

平川は妻帯して、ようやく丸一年が過ぎた新婚で、生母の久栄《ひさえ》と妻の里美《さとみ》の三人で、松田役宅裏の小さな住居で暮らしている。

小屋《しょうおく》ではあるが、松田が言うように、なるほど役宅にはちがいない。

「では、食おうか」

「はい」

椀の蓋を開ける。

鶏出汁《とりだし》のすまし汁に焼いた角餅が二つ、それに小松菜と大根の具が添えられている。

いわゆる江戸の、一般的な雑煮であった。

一方、勘兵衛の故郷である越前大野はというと、昆布を敷いた鍋に丸餅を並べ、水を入れたら餅が軟らかくなるまで煮る。

その後、味噌仕立てにして椀に盛ったところで、削り鰹《かつお》をかけるという素朴なもので、ほかに具は入れない。

雑煮を食いながら、勘兵衛は言った。

「実は、昨年の正月に、故郷の雑煮を作らせたのですが……」

「ほう。どうじゃった」

「いや、それがどうにも……」

「まずかったか？」

「はい」

「そうじゃろう。わしも何度か試したが、どうにもまずい」

「なにゆえ、でしょうね」

「思うに、江戸の水と昆布は相性が悪いようだ。旨味は出ずに、臭さとえぐみばかりが出るようじゃな」

「不思議ですなあ」

「それゆえ江戸では、鰹節で出汁を取るのじゃが、実は鰹とも相性が悪く、生臭さを隠すために醤油をぶち込んで味を調《ととの》えているらしい」

「ああ、それゆえ、汁物にせよ煮物にせよ、ああも色黒なのですね」

「そういうことじゃな」

「もう江戸の味に慣れはしましたが、なんとも不思議なことです」

　これ、現代の知識で言えば硬水と軟水のちがいで、上方《かみがた》や越前大野の水は軟水だが、江戸時代の上水道は関東ローム層を通り抜け、ミネラル分が多い硬水だったからだ。

　ちなみに、現代の東京都水道局の水は軟水である。

勘兵衛と松田は、ほぼ同時に雑煮を食い終わった。というより、松田の速度に勘兵衛が合わせたのだ。

「ごちそうさまでした」

「なんの。では、そろそろ町宿に戻るか」

「そうさせて、いただきます」

「うむ。特に仕事らしい仕事もないからな。しばらくは、ゆっくりと過ごせ。そうじゃな、こちらへ顔を出すのは、松の内が過ぎてからでよい」

「おことばに、甘えさせていただきます」

正月の松飾りを飾っておく期間を〈松の内〉と呼ぶ。

上方などでは一月十五日までが松の内だが、この江戸では一月七日までであった。

しかし、かつては江戸においても、上方同様に松の内は一月十五日までであった。

どうして変わったかというと、先代将軍の家光の命日が四月二十日であったからだ。

それゆえ国忌《こっき》といって、二十日は忌日となった。

すると、他の行事にも影響が出る。

従来、正月二十日は具足鏡開き《ぐそくかがみびら》き餅の日であって、これは二十日が刃束《はつか》の訓と同じ語呂合わせでもあったのだが、忌日と重なってしまう。

それで鏡開きの日を十一日に繰り上げ、松の内も七日に短縮されたのである。

勘兵衛が愛宕下の上屋敷を出て、露月町の町宿に戻る途中、にわかに陽光が空に映えた。

初日の出で、あったろう。

闇夜の白刃《はくじん》

1

町宿に戻った勘兵衛は、終日、園枝とともに、ゆったりした元旦を過ごした。

翌二日は、町宿の庭先にて、昨日は休んだ剣の稽古をした。

園枝が丹精している庭の片隅では、侘助《わびすけ》（椿の一種）が赤く小ぶりな花を何輪も開かせている。

そののちは、園枝と二人、おせちをアテに燗酒を飲みながら、

「午後には、愛宕権現社《あたごごんげんしゃ》にでも初詣でに出かけようか」

「あら、嬉しい」

ということになったのだが――。

　さて、出かけようか、と支度をはじめたところに、年始まわりの客がきた。

　縣小太郎《あがたこたろう》であった。

「あ、ご都合が悪ければ、出直してまいります」

　勘兵衛の出で立ちを外出着と認めて、遠慮するのに、

「なにを言う。遠慮のう上がれ」

　園枝も、いそいそ、おせちの膳を整えた。

　縣小太郎は、勘兵衛が故郷より江戸へ連れてきた者だ。

　小太郎の父の縣茂右衛門《もえもん》は、元は弓組物頭《ものがしら》三百石であったが、縁戚の郡奉行の米不正事件のあおりで蟄居《ちっきょ》、百石を減じられて無役となった。

　それがきっかけで酒浸りの自暴自棄、ついには七十五石にまで俸給を削られ貧窮しているところに、越後高田藩から甘い罠を仕掛けられている。

　その罠が、まだ世子であったころの直明の暗殺に関わることと知って、茂右衛門は切腹して果て、嫡男の小太郎は越前大野藩を致仕《ちし》して、勘兵衛とともに江戸に出てきたのであった。

　そして勘兵衛の口利きで、一昨年の十一月、俸禄四十俵で松平直堅《なおかた》に仕官した。

　今年で十九歳になる若者だ。

「紺屋町《こんやちょう》のほうへは？」

「いえ。はあ、あちらは賑やかでございましょうから」

「うむ」

小太郎の気兼ねは、理解できる。

小太郎には腹ちがいの弟妹が三人もいて、その母親のおきぬは、元は縣家の下女であった。

さらには、おきぬの兄に、米不正で死を賜わった勘定奉行の妻子（小太郎にとっては叔母や甥《おい》や姪《めい》）三人も加えた計八人が、神田紺屋町に暮らしている。

小太郎にとって、今は、そちらが実家のようなものだが、どこか臆するところもあるにちがいなく、そこに小太郎の孤独も感じる勘兵衛だった。

それゆえ勘兵衛は、小太郎の気を引き立てるべく快活に、あれやこれやの話題に花を咲かせ、互いに酒を酌み交わして、小太郎も声を上げて笑うまでになった。

そうこうするうち、表から訪《おとな》いの声が聞こえる。

若党の八次郎がいないので、園枝付女中のおひさが上がり口に出て、

「[吉野屋《よしのや》] の籐八《とうはち》さまが年始の挨拶を、と申しております」

「そうか。お通しせよ」

「ならば、わたしめはこれにて……」

「まあ、よいではないか。いい機会だ。引き合わせておこう」

小太郎が、腰を浮かせようとするのをとどめた。

籐八との年始の挨拶をすませたのちに、

「籐八どの、こちらは縣小太郎と申しましてな。我が故郷の剣道場での弟弟子《でし》にて、西久保《にしくぼ》神谷町《かみやちょう》、松平直堅家の家士なのです」

当たり障りのない紹介にとどめた。

「さようでございますか。申し遅れましたが、わたしは神田鍋町《なべちょう》東横丁にて、小間物屋を営む籐八と申します。以後、お見知りおきのほどをお願い申し上げます」

「さようか。縣小太郎と申します。いや、こちらこそ、よろしくお見知りおきくださ い」

小太郎も頭を下げる。

これまでの経緯から、籐八は松平直堅家について知っているが、小太郎のほうは、なにも知らない。

そこで勘兵衛は、

「わたしが、こちらの［吉野屋］籐八どのと知り合うたのは、実は、おきぬさんがき、つかけでな」

「え、おきぬ……。いや、おきぬどの、が……ですか」

「ふむ。もっとも、おきぬさんのほうは、そうとは知らぬのだがな……。まあ、奇《く》しき縁といおうか、以来、懇《ねんご》ろにさせてもらっているのだ」

「ははあ……」

小太郎は小首を傾げたが、籐八もまた、（はて、おきぬとは……だれ？）と思っているだろう。

籐八は小太郎の来《こ》し方を知らぬし、小太郎のほうでは、先の髪切り事件や、〈松枝《まつえだ》主馬《しゅめ》・江戸京橋の敵討《かたきうち》〉に勘兵衛が関わっていたことなど知らないからだ。

勘兵衛は、さりげなく話題を変えた。

「それより小太郎、こちらの籐八どののお店《たな》は、［高山道場］とは目と鼻の先だ。［吉野屋］の屋号に覚えはないか」

「え、さようで……。いや……不覚ながら……。そういえば小間物屋があったような気もいたしますが、わたしには縁のないところでございまして……」

少しばかり動じている。

「それればかりではなく、師範代の政岡《まさおか》どのとも御昵懇《じっこん》の間柄だ」

「ははあ、そうなのですか。それは、どうもお見それをいたしまして、申し訳ございません」

「なんの。政岡さまは単なるお得意様にて、そう気遣われることはございません。小太郎さまも、いずれは櫛《くし》、笄《こうがい》や簪《かんざし》などが入り用になるときがこられましょうほどに。その折には、大いに勉強をさせていただきますので、ぜひ、お越しくださいませ」

「あいわかりました。よろしくお願い申し上げます」

と、話の筋目が変わったところで、

「籐八さま、煙草盆をこちらに」

園枝が籐八の傍らに出した。

「これは、かたじけのうございます」

籐八が礼を述べているところに、おひさが新たなおせちの膳と、新たにつけた燗《かん》徳利《どっくり》を運んできた。

「まずは一献」

「や、これはいたみ入ります」

勘兵衛の勧めに、籐八は盃を上げた。

さて、この日の年始の挨拶は、この二人だけにはとどまらなかった。

入れ替わり、立ち替わりというふうに、花川戸《はなかわど》からは［魚久《うおきゅう》］の料理をぎっしり詰めた五段重ねの御重《おじゅう》を携えて、［六地蔵《ろくじぞう》の久助《きゅうすけ》］親分がくるし、本庄（のち本《ほん》所《じょ》）・新川《しんかわ》（のち竪川《たてかわ》）二ッ目之橋からは［瓜《うり》の仁助《にすけ》］親分が、また遠く四谷塩町《よつやしおまち》からは［冬瓜《とうがん》の次郎吉《じろきち》］親分までがやってくる次第となった。

これでは、もう初詣でどころではない。

そうして正月二日の日も暮れなずむころ、若党の八次郎が戻ってきた。

「さっそくだが八次郎」

「はい」

「実はきょう、園枝と愛宕権現に初詣での予定であったのだが、年始まわりの客たちに水を差されてなあ」

「ははあ、さようで……」

「それゆえ、明日に仕切り直そうと思うのだが、ひょっとして、明日にも年始まわりの客がないとも限らぬ」

「なるほど。では、わたしが、あいにく旦那さまは他出しておりまして、と、代わりに挨拶を受ければよろしゅうございますか」

「だんだんに、物わかりが良うなっていくなあ。そのとおりだ」

「承知いたしました。心置きのう、ご夫妻でお出かけくださいい」

「うむ。そこでな、八次郎」

「なんでございましょう」

「初詣でののちは、例の［あき広］に立ち寄ろうと思うのだが……」

「あ」

開こうとする八次郎の口を手で制し、

「これ、明日、おまえには、ここにて大事な仕事があろう」

「はあ、そうでございました」

食い意地の張っている八次郎は、少し悔しそうな表情になった。

「それで、すまぬが、これより［あき広］にまいって、あすは営業をしておるかどうか、小部屋は空いているかどうか、を確かめてきて欲しいのだ」

「名の知れた食い物屋は、この三箇日《さんがにち》が書き入れ時ですから、店は開いておると思います。問題は、部屋の空き具合ですね。時刻のほうは、いかがです？」

「さよう。四ツ半（午前十一時）過ぎにここを出て……そうさなあ。九ツ半（午後一時）は少し過ぎようかな」

「承知しました。では、行ってまいります」

さっそくに八次郎が出かけていったのち——。

園枝が問う。

「以前に、［あき広］の名はお聞きした覚えがございますが、たしか穴子《あなご》料理の店だとか」

「穴子飯の店だ。元は愛宕山崖通りにあって、わたしが江戸に初めて出てきた折に、伊波に連れていってもらった茶屋であった」

「まあ、さようでございましたか」

「それが、今は芝切り通しの青松寺《せいしようじ》門前町に引っ越しておるのだ。機会があれば、そなたを連れていってやりたい、と、かねがね思っていた店でな」

「それは、嬉しゅうございます。それにしても八次郎には……なにやら、気の毒でございますね」

「なに、きのう、そなたや、おひさたちが天手古舞《てんてこま》いをしている間、あやつはのんびりしておったのだ。気の毒がることはない」

「それは、そうでしょうけれど……」

「なに。八次郎に、おひさ、それに長助爺《ちようすけじい》には、土産《みやげ》に折り詰めにしてもらうさ」

「そうですね。それが、よろしゅうございます」

長助爺は、元は松田与左衛門の飯炊きあったが、五年前に勘兵衛が浅草猿屋町《あさくさされるやちょう》に町宿を与えられたときに松田から譲られた人物であった。

普段から〈長助爺〉と呼び習わしているが、五十を少し過ぎたほどの年齢である。

「それより、あなた、ご自身の年始まわりはよろしいのですか」

「ふむ。行けば行ったで切りもないし……」

ふと浮かんだ〈不偏不党〉のことばを勘兵衛が飲み込んだのは、ほかでもなく、我が越前大野藩の天敵一統がいることを思い出したゆえだ。

とても、不偏不党とはいえる立場ではなかった。

で、代わりに――。

「なにより堅苦しいのは苦手でな」

とのみ言った。

2

翌三日――。

「女坂《おんなざか》のほうから、ゆるゆると行こう」

愛宕下広小路から桜川《さくらがわ》を渡り、愛宕山《あたごさん》惣門をくぐると先に鳥居《とりい》がある。

さらに進むと、目もくらみそうな急階段があって、こちらが男坂、右手には緩やかな階段があって、こちらが女坂であった。

ちなみに、これより百八十年余ののちに出版された『江戸名所図会』によると、男坂は六十八段となっているが、現代の愛宕神社の男坂は八十六段で、このちがいはいまだ謎である。

蛇足《だそく》をつけくわえるならば、愛宕山の標高は二十六メートル、山と呼ぶには躊躇《ちゅうちょ》するが、大阪《おおさか》の天保山《てんぽうざん》（標高四・五メートル）どころか、仙台《せんだい》市の日和山《ひよりやま》は標高三メートルながら、国土地理院より、山として認められている。

さらに無用の長物を重ねれば、古くは桜田郷《さくらだごう》という地名から〈桜田山〉と呼ばれていたところに家康が入り、慶長《けいちょう》八年（一六〇三）山上に、京より愛宕大権現を勧請《かんじょう》してきて以来、愛宕山と名を変えたのである。

「それにしても、すごい人出ですねえ」

「そうだな。きょう正月三日には、地主神《じぬしのかみ》のひとつ、毘沙門天《びしゃもんてん》の祭事があるから、その分、人出も多いのだろうよ」

「そうなのですか」

「まあ、聞きかじりだがな。とにかく、この雑踏だ。本社殿に詣でるだけで、精一杯だなあ」

幸いに［あき広］の小部屋の予約は取れていた。

勘兵衛は園枝と二人、ゆっくりと女坂を登っていった。


そのころ——。

舞台は変わって、越後高田藩の城下町である。

越後高田藩においては、このところ家臣団が、お為方《ためかた》と逆意方《ぎやくいかた》、とに二分して対立、剣呑《けんのん》な状態になっていることは、これまでにも述べてきた。

もっとも、外様の大身《たいしん》家老で糸魚川《いといがわ》城代の荻田主馬《おぎたしゆめ》と、藩主光長の異母弟である永見大蔵を中心とする派閥が、自らをお為方と称して、敵対する国家老の、小栗美作の一派を逆意方と貶《おとし》めた。

数の上では、圧倒的にお為方のほうが多い。

実のところ、藩士ばかりではなく小栗美作は、越後高田の領民たちからも恨まれていた。

美作はたしかに能吏《のうり》で、さまざまな殖産事業で実績を積んできたが、いかんせん、藩の経済はじり貧状態にあった。

というのも、藩主光長は長らく江戸で育ったせいで、奢侈贅沢《しゃしぜいたく》が続いている。藩収入が、それに追っつかないのだ。

そこで美作は、郷村の豪農や城下の大町人から御用金を徴収しはじめた。それでも足らず、次には城下の商人から冥加金《みょうがきん》を取り、小前《こまえ》（小規模な商売や家業）の家からは〈かまどがかり〉などという税をはじめ、新たに三十三種目にも及ぶ税目を徴収しはじめたのだ。

これでは恨まれても仕方がない。

そんな領民の怨嗟《えんき》の声が、お為方を奮い立たせてもいた。

なにより、対立が激化してきた原因は、ひとつは圧倒的な権勢を誇る小栗美作の〈奢《おご》り〉に対する反発、いまひとつは小栗美作の嫡男である小栗掃部《かもん》（光長の甥）が、正式に御家門に加えられて、名も大六《だいろく》と変えたこと、また、その大六が、光長の養子に入るとの噂への不満があった。

さらには、越前大野藩嫡男であった直明暗殺未遂事件を起こした越後高田藩への怒りから、越前大野藩の忍び目付である服部源次右衛門が、越後高田の城下町に潜入しての、さまざまな工作が、抗争の火に油を注いだことも影響している。

そうして源次右衛門が蒔《ま》いた疑惑の種子が、とうとう芽吹いたのであろう。

この日……正月三日。

荻田主馬、永見大蔵らの面面が、光長にお目通りして、八百九十人の誓詞（誓いのことば）連判を差し出し、小栗美作の悪政を糾弾するとともに、美作の隠居を要求した。

このころ越後高田藩の家臣の数は、二千六百人余であったから、お為方に誓詞を入れた家臣は、実に三割に近かったということだ。

もっとも美作派は百三十人ほどであったから、家臣の半数以上は中立派であったことを付言しておこう。

荻田主馬らの強訴《ごうそ》に対し、優柔不断な光長は、のらりくらりと確答を避けて、お為方をなだめにかかる。

それでも、お為方の強談判《こわだんぱん》は続く。

ついに光長も色をなした。

「その方ら、主君に対し、かくも無礼千万なる振る舞い許し難し。かくなるうえは、幕府《おかみ》に伺いを立てて御老中の指図次第にいたそうぞ」

と恫喝《どうかつ》した。

なにしろ越後高田藩内にて、幕閣と誼《よしみ》を通じているのは、光長のほかには小栗美作以外にはいない。

とにもかくにも、お為方は引き下がった。

だが、それですむはずはない。

二日後の正月五日——。

お為方、数百人が、越後高田城下馬先に武装して詰めかけ、小栗美作を退治すると騒ぎ立てた。

これに驚き美作屋敷には、美作派の武士が集まり、騒動は大きくなった。

ついには美作が、近く隠居を願い出ると約束をしてなだめたため、一旦、この騒動は収まった。

しかし、これで終わりではなかった。

お為方に対し、隠居を約束した小栗美作は考えた。

三月になれば、殿は国許を発ち出府《しゅっぷ》する。

国家老としての最後の責務として、まずは江戸に向かい、幕閣の御重役に越後高田藩の現状を伝えておくべきだ。

それも、早ければ早いほうがよい。

そう、決意した。

だが、手ぶらで、というわけにはいかない。つまりは金がかかる。

藩の御蔵開きは十一日であるが、とてもそれまでは待てない。

そこで勘定方老中であり、美作の腹心でもある安藤治左衛門《あんどうじざえもん》を呼び、藩に預けていた千両を引き出した。

それが正月八日の夜半のことだ。

だが、そのことは、たちまちのうちにお為方の知るところとなった。

それで家中には、小栗美作が逐電《ちくでん》しようとしている、との噂が流れる。

翌九日にはお為方が武装して、降りしきる雪を踏んで次次に駆けつけ、ついには八百人ほどが美作屋敷を取り囲む、という大騒ぎに発展する。

この大騒動は、翌日、十日の昼ごろまで続いたが、これに対して美作は動かず、自らの家臣にも自重を命じたため、両者の直接対決は避けられて、お為方も引き上げた。

そして、その日の夜半、御蔵より千両を引き出した老中の安藤治左衛門が、早くも駆落ちをして、行方をくらませている。

結果、小栗美作は隠居願いを出した。

そして神君家康の月命日である一月十七日、光長は菩提寺である長恩寺《ちょうおんじ》（現天崇《てんそう》寺《じ》）参拝ののちに家臣を集めた。

まずは、小栗美作の嫡男である、小栗大六を養子にする考えがない旨を表明した。

続いて、小栗美作の隠居を命じ、大六が小栗家の家督を襲封するものの、当分の間は家老役にはつけない、と言明した。

また、これらのことを公儀に報告するため、二名の使者が江戸に向かっている。

その一方で、選ばれた使者が、お為方に不利な発言をしないかとの懸念から、お為方の片山外記《かたやまげき》と渡辺九十郎《わたなべくじゆうろう》の両名も、追いかけるように江戸に向かった。

そして二月には、新たな家老人事が発表された。

お為方からは、荻田主馬と片山外記の二名が、中立派から片山主水《もんど》と多賀谷内記《たがやないき》の二名、計四名が家老に任命、逆意方の人選は皆無であった。

こうして、越後高田藩の騒動は、一応は沈静化したかに見えたのであったのだが
――。

遠い越後高田で、そのような騒動が起こっているなどとは、落合勘兵衛は知るよしもない。

3

松の内も過ぎ勘兵衛は、普段の生活を取り戻していた。

二勤一休のかたちを取って、江戸留守居役宅に顔を出すと、そののち市街やら郊外にも出て、御耳役《おみみやく》の務めを果たすこともあり、松田の書類作りを手伝ったり、囲碁の相手をさせられることもある。

また、さまざまな話題も交わされる。

そんななかには、若年寄の堀田正俊《ほったまさとし》が昨年の暮れに五千石の加増があり、二万五千五石になった、とか、美濃《みの》の大垣《おおがき》で大火があったらしい、などの語り種《ぐさ》も混じっていた。

堀田正俊の五千石加増の件は、勘兵衛も聞いていた。

堀田正俊は上野安中《こうずけあんなか》（群馬県安中市）藩主で、正室は稲葉正則《まさのり》の娘あぐりである。

正俊の実兄は正信といって、元は下総佐倉藩《しもうささくらはん》（千葉県佐倉市）の藩主であったが奇人で、しばしば〈狂気の作法〉を繰り返して改易《かいえき》され、はじめは信濃飯田藩《しなのいいだはん》に預け、次には若狭小浜藩《わかさおばまはん》に預け、続いて阿波徳島藩《あわとくしまはん》に預けとなっていた。

だが、弟の正俊にお咎めはなく、順調に昇進を果たしている。

松田の情報入手先は、その人脈の広さにあって、折折に勘兵衛に引き合わせられていたが、勘兵衛がどうしても手の届かない人脈があった。

各藩の江戸留守居役は、情報交換の場として、月に一度の宴席を設けており、松田も時折は顔を出す。

美濃大垣の大火などは、その宴席で入手したものにちがいない。

その分、勘兵衛は江戸の隅ずみまで足を運んで耳を傾けるほかはない。それが与えられた耳役の務めだ。

だが、このところ、特筆すべき噂はない。

せいぜいが、吉原の江戸町で俠客《きょうかく》同士が脇差を抜いての喧嘩がはじまったところ、[玉屋《たまや》]の錦木太夫《にしきぎだゆう》が、白刃に向け小袖を投げて喧嘩を収め、大いに名を上げたとか、歌舞伎《かぶき》芝居で人気のあった四代目市村竹之丞《いちむらたけのじょう》が、なにやら無情を悟り、剃髪して笈《おい》を背負い、諸国修行の旅に出ていった、などの評判を聞く程度だ。

ひところ、あれほど流行した伊勢踊りも、このごろは、すっかり影をひそめていた。

近ごろの流行はといえば、放蕩息子の派手な衣装で、萌黄縮緬《もえぎちりめん》の小袖に竜紋の長羽織をぞろりと羽織った若者が目につく程度か。

（世はなべて、こともなし、か……）

ふと、そんなことを思う勘兵衛だったが……。

その日、勘兵衛の足は、なにとはなく八丁堀《はっちょうぼり》に向かった。

言わずと知れた江戸町奉行の配下、町方与力と町方同心の町で、町人地では聞けない話題もあろうかと思ったのだ。

楓川《かえでがわ》を渡り八丁堀へ入る橋は、いくつもあるが、やはり大番屋《おおばんや》（留置施設のある取り調べ所）がある南茅場町《みなみかやばちょう》あたりがよかろうか、と漠然と考えた。

以前にも、勘兵衛は大番屋近くの一膳飯屋で、いろんな風評を拾ったことがある。

それで勘兵衛は本材木町《ほんざいもくちょう》を、ずうっと北上して、もっとも北部に位置する海賊橋《かいぞくばし》にて八丁堀に入った。

橋を渡り終えると、すぐ左手は丹後田辺藩《たんごたなべはん》、牧野讃岐守《まきのさぬきのかみ》の上屋敷、右手は御船手《おふなて》組頭《くみがしら》筆頭の向井将監《むかいしょうげん》の江戸屋敷である。

もっとも江戸っ子は、御船手組頭筆頭などと長ったらしいのを嫌い、〈海賊奉行〉と呼んでいる。

海賊橋の名は、そこからきた。

両屋敷を左右に進み、最初の角《かど》の左の突き当たりには〈鎧ノ渡《よろいのわたし》〉があるが、勘兵衛は道なりに進んだ。

その通りは裏茅場町と呼ばれるところで、右手には幅五、六尺（約一・八メートル）ほどの入り堀がある。

八丁堀の住人は〈桜川《さくらがわ》〉などと、しゃれて呼んでいるが、正直なところは、どぶ川に近い。

その桜川の向こう岸には薬師堂《やくしどう》があり、日枝《ひえ》神社の山王旅所が見える。

逆の左手が南茅場町だが、この裏茅場町に面する店は瀬戸物屋が多いため、土地《ところ》の人は〈せともの丁〉と呼んで、一丁目から三丁目まであった。

（たしか、このあたりの角店だったはずだが……）

裏茅場町の三叉路の手前で――。

（うむ。ここだ）

左手の角に、障子に大きく〈いちぜんめし〉と墨書され、軒には〈酒〉と大書された赤提灯がぶら下がっている。

屋号はない。

この角を左に行くと、南茅場町の通りが左右に走り、突き当たりの茅場河岸に大番屋はある。

勘兵衛がときおり。遣い物の角樽《つのだる》を求める下《くだ》り酒《ざけ》問屋の［鴻池屋《こうのいけや》］は、その大番屋から南に下ったところだ。

一膳飯屋の障子を開くと、ひっそり閑《かん》としていて、客はひと組だけだった。

すでに八ツ（午後二時）に近い時刻だから、無理もない。

この店には小上がりがなく、すべては土間の入れ込み席だ。

以前にきたときの、混雑ぶりとはほど遠い。

とりあえず、手近の樽席に腰を下ろすと、小女《こおんな》が茶を運んできた。

「まだ、昼膳は間に合うか」

「へえ。飯は少少、冷えかかっておりますが……」

「文句はない。お頼み申す」

この飯屋の昼膳が旨かったことは、記憶に残っている。しかも、安かった。

その覚えをアテにして、中食《ちゆうじき》はとらずにきたので空腹だった。

先客の三人組は、風体《ふうてい》からして商人らしく、小声でひそひそと話している。

せともの丁には、瀬戸物屋以外にもさまざまな商店があるから、商談でもあろうか。

(目算はずれであったか……)

これでは、噂話を集めるどころではなかった。

やがて昼膳が出た。

飯に、風呂吹き大根に隠元《いんげん》の煮浸し、それに白身魚の塩焼きと納豆汁《なっとうじる》がついている。

(なかなかのものだぞ)

満足しながら、ゆっくり食った。

そこへ、新たな客が二人きた。

勘兵衛を認めて品定めをしたようだが、やがて勘兵衛からほど近い席を取り、

「おい。熱燗と、なにか小鉢物でも見繕ってくれや」

常連らしく、大声で言う。

この日の勘兵衛は、綿入れの袷《あわせ》の着流しに古びた無紋の葛布十徳《くずふじっとく》、という形《なり》だから、どこぞの貧乏御家人くらいに踏んだのだろう。

少なくとも、八丁堀の旦那衆ではないと判断して安心したようだ。

その二人連れは、形恰好《なりかっこう》からして御用聞き、それも岡っ引きの手下の下っ引きあたり、と勘兵衛は見た。

「いやあ、今朝も早くから、下谷《したや》の竜泉寺《りゅうせんじ》村まで出張《でば》って、すっかり身体《からだ》が冷えち

まったぜ」

眉の濃い小柄な男のほうが言うと、

「ほう、また辻斬りかい」

ひょろひょろっと背の高く、目の細い男が返す。

「そうよ。殺《や》られたのは、金杉上町《かなすぎかみちょう》の仏具屋の主人でな」

(金杉上町といえば、日光道中の……)

勘兵衛は、胸の内で思う。

ある事情から勘兵衛は、投げ込み寺とも呼ばれる三ノ輪《みのわ》の浄閑寺《じょうかんじ》に塚を建立したことがある。

だから土地勘があった。

「ははあ、吉原帰りを殺られたな」

細目が応じたのに、

「おそらくな。新吉原の西河岸脇の道を通れば、金杉へは、ずいぶんと近道になるからなぁ」

「するってぇと、やっぱり大音寺《だいおんじ》のあたりかい?」

「そういうことよ。なにしろ、あのあたりは寺以外は田畑ばっかりだから、日も暮れるってえと、ほとんど人っ気がなくなるところでぇ」

「それにしても、牛込《うしごめ》あたりに日本堤《にほんづつみ》と神出鬼没だな。侍《さむれえ》だって殺《や》られてるんだろう。もう、そうとうな数になるんじゃあねえか」

「そろそろ二年とちょっとになるが、百人は下らねえな」

（なに、百人！）

勘兵衛は思わず箸を止めた。

「で、近ごろになって旦那が言いなさるんだが、こりゃあ、ただの辻斬りじゃねえ、金目当てじゃあ、あるめえかってな」

「辻斬り強盗ってぇことか」

「そういうことよ」

勘兵衛の食事が終わった。

二人の話は続いており、驚くべき話題ではあるが、勘兵衛が関わるものではない。

それにしても、百人もが辻斬りに遭って、これまで噂にならないのが、どうしても解《げ》せない。

4

「そりゃあ、あれだ」

勘兵衛が八丁堀で仕込んできた辻斬り話をし、それがなにゆえ、人の口端にのぼらないのか、という疑問を呈すると、松田がしばらく考えたのちに言った。

「まずは、下谷の竜泉寺村や金杉上町などは東叡山《とうえいざん》領で、寺社奉行の管轄じゃ。よって、町方は表だっては手を出せない」

「なるほど」

「日本堤も、また同様じゃ。辻斬りのあった場所はわからぬが、堤より西は浅草寺《せんそうじ》領ゆえ、やはり寺社奉行の管轄じゃな」

「しかし、浅草田町《たまち》などは町奉行の管轄ではありませんか」

「そりゃあ、ちがう。あそこは十五年ばかり前に、許可なく町屋が立ち並んで泥町《どろまち》というのができたのじゃが、いつしか田町に化けてのう。じゃが、浅草寺領であることに変わりはない」

「そうなのですか。不明を恥じます」

「なに。吉原堤とも呼ばれる、日本堤近辺のことなど、詳しゅう知らぬで恥ではない」

「はあ」

「それから、牛込じゃ」

「はい」

「牛込は、ほとんどが武家地に、大縄地《おおなわち》（下級武士の一団に与えられた土地）に寺社地で埋まっており、町人地は数えるほどじゃ」

「ははあ、なるほど……」

そういえば、門前町もまた寺社奉行の支配下にあったな、と勘兵衛は思う。

ちなみに、江戸の全域は六割が武家地、寺社および門前町が二割、残る二割が町地であって、町奉行の支配下にあるのは町地だけであった。

つまりは、門前町で事件が起きても、町方は手を出せない。

この弊害に気づき、門前町も町奉行の支配に移されるには、これより六十数年先の延享《えんきょう》三年（一七四六）まで待たねばならない。

松田が続ける。

「まあ、寺社奉行が事件を握りつぶしておるわけではなかろうが、すべては大名から選ばれておるし、月番のうえに、三、四年もすれば昇進するという運びじゃから、ついおろそかにもなろうというものじゃ。ましてや辻斬りなど、本気で取り上げれば己の恥ともなろうからのう」

「………」

なにやら、もどかしい。

「というわけで、町方に出番はないが、なかには箝口令《かんこうれい》を敷いて、密かに辻斬り事件を調べる与力や同心が、いるかもしれんのう」

そういうことか、と勘兵衛は得心がいった。

さて太郎月も、残りわずかとなった一月二十七日のことである。

この日、勘兵衛は二勤一休の一休の日にあたり、町宿でのんびり過ごして園枝とともに中食を摂った。

朝方は小雪がちらついていたが、八ツ（午後二時）ごろにはやんで、うっすらと陽光が差してきた。

そんなところへ来客があった。

というより、使いがきた。

「お初にお目にかかりやす。あっしは［千束屋《ちづかや》］の手代をしております、亥太郎《いたろう》と申します者でごぜえやす」

上がり框前の三和土《たたき》のところで、しゃちほこばって挨拶をした。

「そうか。へっついの……いや、五郎《ごろう》さんのところの……」

割元《わりもと》稼業（口入れ屋）の［千束屋］の主人は政次郎《まさじろう》といったが、娘が松平直堅のところに女中奉公に入り、なんと直堅の子を孕《はら》んでしまった。

となると合力米一万俵、すなわち大名である直堅のお腹さまの親父が、割元稼業では始末がつかない。

そこで政次郎は表向き引退し、後釜には子分の［へっついの五郎］を据えて、娘のおしずを平川武太夫の養女としたうえで女中奉公に上がった、という工作をしている。

「へえ。で、本日は大旦那さまの使いでめえりやした。実は、本日は大旦那さまの初孫であられる満《まん》姫さまの誕生日でごぜえやして、内輪にて誕生祝いを、ってえことになりやした」

「なに、誕生祝い、とな」

なんと大仰《おおぎょう》な、と勘兵衛は苦笑する。

ま、将軍家や大身旗本家などでは、誕生祝いをするとは聞いているが、町家では珍しいことだ。

「で、もって、ささやかではごぜえますが、内祝いの赤飯をお届けしろとのことでごぜえやす」

言って、提げてきた風呂敷包みを差し出してきた。

「さようか。それはまたご丁寧なことで痛みいる。遠慮なく頂戴しよう」

赤飯を受け取り、政次郎にもよろしく伝えてくれ、と使いを帰した勘兵衛だったが——。

（ふむ……）

しばし、考えた。

思えば政次郎には、大きな恩がある。

まだ権蔵《ごんぞう》といったころの松平直堅が、越前福井を出奔《しゅっぽん》して愛宕下の江戸屋敷に匿《かくま》われていたころ——。

権蔵の命を狙い、越後高田藩から多数の刺客が放たれていた。

その権蔵を守るべく、尽力してくれたのが［千束屋］政次郎であった。

また、それが縁で政次郎の娘のおしずが、松平直堅家が立ったとき、御女中になると言い出し、ついには直堅の側室となって、志津子《しずこ》と改名した。

結果として、政次郎は割元稼業を引退し、今は小網町《こあみちょう》で、再婚相手のおふじと二人、静かに暮らしている。

その政次郎は愚痴《ぐち》ひとつこぼさないが、その人生を大きく変えさせた張本人は、誰あろう勘兵衛自身なのだ。

(ここはひとつ、やはり祝いの席に駆けつけねばなるまいな)

と、勘兵衛は思い定めた。

そこで身支度を調え、再び八丁堀の南茅場町に立ち寄り、下り酒問屋の［鴻池屋］にて剣菱《けんびし》の角樽《つのだる》を求め、〈鎧ノ渡〉で新川を渡って小網町の政次郎宅を訪ねた。

誕生祝いというので、大勢集まっているかと思ったら、政次郎とおふじの二人きりであった。

「やあ、こりゃあ思いも寄らず……」

政次郎の喜びようときたら、尋常ではなかった。

長居をするつもりはなかったが、政次郎に引き留められ、思い出話にも興が乗った。

すでに五ツ(午後八時)はまわったろう。

「じゃあ、そろそろ失礼しよう」

「そうですか。できれば、もっと酌み交わしたいところだが、あまり引き留めても、ご妻女が心配なさろう。提灯を用意いたしましょう」

「なに、夜歩きには慣れております。商家の軒行灯の灯りで十分でしょう」

「と、いうても、今宵は新月に近く、暗うございますよ」

（あまり頑《かたく》なに断わるのも、なんだ……）

「それでは念のため、お借りいたしましょうか」

「なに、お返しには及びませぬよ」

結局のところ、提灯に蠟燭、それと携帯用の火縄《ひなわ》と付木《つけぎ》を渡された。

火縄は火保《ひも》ちが良く、外出時の提灯の火種になる。

提灯は畳んで後帯に差し、その他の物はひとまとめに提げて、勘兵衛は政次郎の家を辞すると、道を北にとった。

小網町一丁目から荒布橋《あらめばし》を渡り、魚河岸を突っ切ったのち、日本橋を渡るという道順なら、ずうっと商家の軒行灯で提灯は不要なのだ。

しかし、やっぱり暗い。

おもむろに空を見上げると、なるほど、月影は見当たらない。

（そういえば、昨夜が二十六夜待《にじゅうろくやま》ちであったな……）

正月と七月の二十六日の夜は、高輪《たかなわ》海岸あたりで月の出を待つ風習がある。

もっとも正月の二十六夜待ちは、寒いのにくわえ、朝まで待っても、ついに月が出ず空振りに終わることが多いため、のちには七月だけになったが、延宝のこのころは、まだその風習が残っていた。

徒話《むだばなし》はさておいて、思案橋《しあんばし》を渡るころには、勘兵衛の目も闇に慣れてきた。

現代医学でいうところの、〈暗順応《あんじゅんのう》〉というやつだ。

渡り終わったところが小網町一丁目、左手の末広河岸《すえひろがし》には蔵が建ち並んでいる。

右手には、屑鉄銅物問屋、下り傘問屋に奥川筋船積問屋などが並んでいるが、すでに大戸を下ろして軒行灯だけが灯っていた。

(やはり、提灯は不要だ……)

と、思ったとき——。

(む……!)

後方から駆け寄る足音がする。

なおかつ、殺気を感じた。

思わず振り向くと、五間(約一〇メートル)ばかりに迫った黒い影が、今にも腰の物を抜き放とうとしている。

とっさに勘兵衛は、手にした蠟燭などが入った包みを投げつけるとともに、六尺（二メートル）ばかりを後方に飛んだ。

勘兵衛の投げた包みを躱《かわ》すため、黒い影の動きが鈍った。

それでも、すでに白刃は抜き放たれて大上段に振りかざそうとしている。

その刀身が、軒行灯の灯を反射した。

だが勘兵衛もまた、つ、つ、つと後方に退《すさ》りながら、埋忠明寿《うめただみようじゆ》の大業物《おおわざもの》を抜き放っている。

それも、刃こぼれがせぬよう、峰を返すだけの余裕を持って、だ。

間合いが、まったく届かぬ位置から、賊の大刀が振り下ろされた。

カッ！

火屑《ほくず》が飛んだ。

刃渡り二尺四寸五分（約七四センチ）、柄頭《つかがしら》は八寸（約二四センチ）の埋忠明寿ゆえに届いたのである。

「何者だ！」

勘兵衛が誰何《すいか》すると、やにわに賊は身を翻《ひるがえ》し、抜刀したまま走り去った。

この界隈には、まだまだ人影がある。

突如としてはじまった剣戟《けんげき》に、商家の軒下に逃れて身をすくめている者もいた。
「すまぬな……」
大刀を鞘に納め、賊に投げつけた包みを拾ったのち、軒下に逃れた町人たちに詫びる。
ぺこりと、身振りの挨拶が返ってきた。
すでに、賊の姿は消えている。
（それにしても、大胆な奴だ……）
人目も気にせず、襲撃してきた賊のことを思う。
足早に小網町一丁目を抜け、荒布橋を西に渡りながら、
（はたして、例の辻斬りか……？）
と、考えていた。
裏茅場町の一膳飯屋で聞いた話では、辻斬りの目的は金品のようだった。
（わたしの懐が、温《あった》かそうに見えたのだろうか？）
羽織袴というわけではないが、きょうの勘兵衛は、それなりの衣服で整えている。
それを潤沢そうな武家、と見られたのかもしれない。
だが、なにか違和感がある。

（あるいは……？）

ふと、思い立った。

政次郎の居宅の裏筋に通る、小網町二丁目横町脇には、入り堀に囲まれた酒井雅楽頭の下屋敷がある。

すでに落合勘兵衛の名は、大老筋にも知られているはずだ。

勘兵衛の顔を見知っている大老の家士がいて、たまたま政次郎の家に入るのを目撃し……。

（まさかな……）

やはり、合点がいかなかった。

尾行者と刺客《しかく》の正体

1

二月も半ばを過ぎた。

すでに春彼岸（春分《しゅんぶん》の日）も明けて、五日ばかりが過ぎていた。

梅花はとっくに満開、鶯《うぐいす》が鳴き、めっきりと春めいている。

どころか、すでに満開の桜まであって、桜の木が多い愛宕山権現社《あたごさんごんげんしゃ》にも、花見客が押し寄せてきた。

それゆえ、越前大野藩上屋敷のある愛宕下通りも賑わっている。

もっとも、この当時に、まだ染井吉野《そめいよしの》は存在しないので、植わっているのは江戸寒《かん》緋桜《ひざくら》や大島桜などなどであった。

この日、勘兵衛は常より混雑する愛宕下通りを、北に向かって進んだ。

花川戸の料理屋［魚久］に、［六地蔵の久助］親分を訪ねるつもりだった。

先月末の辻斬り一件について、勘兵衛は誰にも漏らさずにいたが、しっくりしないし、心当たりもつかない。

それで他出の際は、後方にも気を配りだした。

すると——。

なにやら、尾行されている気配があった。

といって、殺気はまるで感じられない。

そんなことが重なった。

そこで、とある茶店に入る際に、それとなく確かめると、ふっと、用水桶の陰に隠れる二人連れを認めた。

風体《ふうてい》からすると、並の町人ではないし、職人にも見えない。

(何者か?)

あの辻斬りの賊と、関係はあるのか?

つらつら考えを巡らせた末に、［六地蔵の久助］を頼ろうと決意したのだ。

愛宕下通りを北進すると、外桜田の外堀に架かる新シ橋《あたらしばし》というのがある。

その橋の手前にある善右衛門町《ぜんえもんちょう》は、新高陣八の町宿があるところだが、そのとっかかりに、［福嶋屋《ふくしまや》］という京菓子店があった。

勘兵衛は、そこで［六地蔵の久助］への土産を求めた。

お堀端沿いに東へ向かい、新橋《しんばし》（のち芝口橋《しばぐちばし》）を渡るころになると、やはり尾行者の気配を感じたが、素知らぬ顔で日本橋方面へ進む。

日本橋を渡り、なお道なりに江戸随一の目抜き通りを進んでいくと、やがて筋違御《すじかい》門があって、そこから東へ神田川沿いに柳原土手《やなぎはらどて》が延びている。

その土手下道を勘兵衛は進んだ。

やがて左手に、江戸城鬼門除けといわれる〈柳森稲荷《やなぎもりいなり》〉が見えてくる。

（ふむ……）

その向かい側には、弟の落合藤次郎《とうじろう》が目付として仕える大和郡山本藩《やまとこおりやまほんぱん》の江戸屋敷があった。

（藤次郎は、今ごろ……）

元気でやっているだろうか、と勘兵衛は思う。

藤次郎らは昨年に、無事に大和郡山に到着、筆頭家老である都筑惣左衛門《つづきそうざえもん》の郎党である日高信義《ひだかのぶよし》とともに、ご城下にて内密の任務についている、との書信があった。

江戸より遠く離れた地にいる弟のことに思いを馳せながら歩くうちに、浅草御門が見えてきた。

神田川を浅草橋を渡って北に延びる道が、浅草寺《せんそうじ》への道筋だ。

正式には大川西岸《せいがん》浅草御蔵、すなわち御米蔵前に通じる道は、浅草御米蔵前通りと呼ばれていた。

その通りの手前の浅草瓦町《かわらまち》には、我が隠し目付の本拠地である［高砂屋《たかさごや》］という菓子店がある。

そして、その向かいには、大和郡山本藩に敵対する分藩、本多出雲守《ほんだいずものかみ》の江戸上屋敷があった。

そのとき、勘兵衛の裡《うち》に、なにかがよぎったのであるが、その正体には気づかなかった。

そうこうするうちに、ようやく浅草花川戸町の三叉路が見えてくる。

その花川戸町の入口角にある［魚久］は目前で、角の左手は、浅草寺雷門《かみなりもん》に通じる浅草広小路だ。

［魚久］は、久助の女房であるおさわが女将の料理屋で、久助自身は浅草界隈の顔役であった。

［魚久］の所在地には、かつて久助の父親が営んでいた菜飯屋《なめしや》があり、その角には古い六地蔵の石灯籠が建っていたところから、［六地蔵の久助］との異名がつけられたのだ。

また近辺の大川沿いは、付近の住民からは〈六地蔵河岸〉とも呼ばれている。

ちなみに、これより九十年ほどのちには、その〈六地蔵河岸〉から大川対岸へ吾妻《あづま》橋《ばし》が架橋して、それまでの〈竹町之渡《たけまちのわたし》〉にとって替わった。

それはそれとして、勘兵衛と久助の縁は三年前のこと、勘兵衛が赤児を拾ったことにはじまっている。

2

［魚久］の暖簾《のれん》をくぐって勘兵衛は、応対に出た仲居らしいのに、

「すまぬ。客ではないのだ。女将さんはおいでか。わたしは、落合と申す者」

さっそくに女将がやってきて、

「これは、これは……」

四十歳前、貫禄十分なおさわに勘兵衛は無沙汰を詫び、尋ねた。

「ご亭主は、ご在宅でしょうか」

「はい、幸いに。ご案内いたしましょう」

帳場の裏口を通って、勘兵衛は久助の居室に通された。

「年始には、けっこうなお料理の数数を頂戴いたし……」

勘兵衛が、まずは改めて年始の折の礼を述べようとするのを押しとどめるように
――。

「いや、こちらこそお邪魔をいたしやした。あのとき、すでに御礼のことばも頂戴しておりやす。それより、わざわざ俺等《おいら》を訪ねてきてくださったには、余程のことでござんしょう。気兼ねなくお申しつけくだせえ」

さすがは大親分で、察しが早い。

「では、さっそくながら遠慮なく……」

（さて、どこから話したものか……）

しばしの間をおいて、勘兵衛は言う。

「実は過日に、辻斬りらしい賊に出会いましてな……」

「なんと！　何処《いずく》のあたりでござんしょうか」

「さよう。小網町あたりです」

「うーん」

久助は唸り、

「そりゃあ、まことに辻斬りでござんしょうか」

「それはわからぬ。しかし近ごろ、辻斬り事件が頻発しておると聞いたので、あるいは、とも思うたのだ」

「あれ、お耳に入っておりやしたか」

「うむ。すでに百人は下らぬ、と耳にしました」

「いやあ、面目《めんぼく》次第もねえ」

久助はうなじを垂れたのち、

「こりゃあ、言い訳じゃあねえが、事情がござんしてね……」

というのも、この久助が［魚久］を開店したとき、ときの寺社奉行であった加賀爪《かがつめ》甲斐守《かいのかみ》より祝いとして——。

花川戸六地蔵の久助
永代寺社奉行寺方の御用相務める者也。

と墨書して〈寺社奉行加賀爪甲斐守〉の文字と花押《かおう》がある手札を手渡されていた。

「おっしゃる辻斬りは、そのほとんどが寺社領で起こっておりやすんで、本来なら俺等が出張らなきゃあならねえんですがね……」

先に松田に聞かされたとおり、寺社奉行は大名から選ばれたうえに、定員四人の月番制で、寺社奉行の手足となって働くのは、大名の家臣たちで、と続けたのちに久助は、

「でもって、寺社領内にて事件が起こるときに動くのは、寺社役付《やくつき》同心ってぇいうんですが、こいつが大名家の足軽たちで、どうにも頼りねえ。そのうえ、俺等が出張ろうとするってえと、分不相応の段、手出しは無用ってえことで、加賀爪さまの手札も、お大名には通用いたしやせん」

と悔しそうな顔になり、

「ところで小網町あたりは、あらぬ方《かた》でござんすから、辻斬りとは思えねえんですがね」

「そうかもしれぬ。実はな……」

近ごろ外出《そとで》をした折に、跡をつけてくる者がいる、という話をしたうえで、

「私が外出をするときには前もって知らせるゆえ、その尾行の者を逆に追尾して、そその正体を明かしてはもらえまいか、と思うてな」

「それくれえなことは、容易《たやす》いことでござんすよ」

答えた久助が、ちらりと考えるそぶりをしているところに、おさわが茶菓を運んできた。

そのおさわに、久助が尋ねる。

「若え衆は、誰がいる？」

若え衆とは久助の手下《てか》のことで、おさわが答えた。

「賄《まかな》いのほうで、兼七《かねしち》と幸作《こうさく》が手伝っておりますよ」

「そうかい。のちほど用向きを伝えるかもしんねえから、待つようにと伝えてくんな」

「はいよ」

答えて、おさわが出ていったのちに久助が言う。

「ところで落合さま。きょう、こちらへ来られる際にも、やはり跡をつけまわす輩《やから》はおりやしたでしょうか」

「確かめたわけではないが、その気配はあった。二人連れのように思う」

「なら、話は早ぇや。前もってお知らせくださらなくとも、落合さまがお戻りになられるところに、仕込んでみてはいかがでしょう。お聞きのとおり、兼七と幸作が居合わせますぜ」

「そうですねえ。ふむ、そのほうが話は早い。じゃあ、おことばに甘えさせていただきましょうか」

「わかりやした。さっそくにも手配してめえりやす。しばしのお待ちを……」

言って、久助は六尺（一八二チセン）を超える身長の、大きな背中を見せながら居室を出ていった。

久助には多数の手下《てか》がいるそうだが、兼七に幸作、それから五平《ごへい》と千吉《せんきち》という四人は、勘兵衛も見知っていた。

実は、［魚久］の入り口は浅草広小路に面しているが、久助夫婦が寝起きする居宅の入り口は、〈六地蔵河岸〉に面してあった。

そして店と居宅とは、店の帳場裏のところで行き来ができる構造になっている。

勘兵衛が暖簾をくぐって、店のほうから入ったのは用心のためで、［六地蔵の親分］を訪ねたのではなく、あくまで［魚久］に料理を食べにきたのだと思わせる狙いがあったのだ。

やがて大男の久助が戻ってきた。

「へい。兼七に、ちょいと周囲を改めさせたところ、浅草寺の物揚場《ものあげば》のところに、ここらで見かけぬ野郎が二人《ふたあり》しゃがみ込んで、所在なげに煙草なぞふかしていたと言いやすから、そやつらでござんしょう。しっかり手配りをさせやしたんで、ご安心を」

「それは、ありがたい。ところで、もうひとつ頼みがあるのだが」

「へい。なんなりと」

そこで勘兵衛は、小網町で賊に襲われたときの状況を説明したうえで――。

「賊の刀剣を峰にて弾き返したときの感触から思うに、賊の刀剣には、かなりの刃こぼれができたはずでな。すると、おそらくは研《と》ぎに出したと思えるのだが……」

「なある……。つまりは、刀磨屋《かたなとぎや》をあたればと……」

研ぎ師のことを、江戸では刀磨屋と呼んでいる。

「そういうことだ。賊と出会うたのは、この一月二十七日の夜だったから、それ以降に大刀を研ぎに出した人物を虱潰《しらみつぶ》しにあたっていけば、賊の正体がわかろうかと思うてな」

「合点承知、明日からでも調べやしょう」

これまた、快諾してくれた。

「いや。なにかと厄介《やっかい》ごとを頼んですまぬなあ」

「なんの。この江戸の、いろんな商売については、だいたいがとこを、まとめて控えておりやす。なかでも刀磨屋なんてのは珍しい。名のあるところは両指の数に足りないほどなんで、モグリでもねえかぎり、さしたる手間ではござんせん」

勘兵衛も腰の埋忠明寿を一度、山下町《やましたちょう》（現在の銀座五丁目あたり）の［竹屋惣次郎《たけやそうじろう》店《だな》］に研ぎに出したことがある。

そのとき江戸の同業者のことを尋ねると、刀鍛冶なら二十を超えるが、刀の研ぎを生業《なりわい》とするのは八軒ばかり、との返事であった。

「で、まことに些少ですまぬのだが……」

懐から紙入れを出し、用意してきた金包みを差し出して、

「手間賃、というのではないが、若い衆の酒代にでもとっておいて欲しい」

と言うと、

「そんな水臭えことは、なしにしておくんなせえな」

久助が眉を寄せる。

「そう言わずに受け取って欲しい。でないと、これから親分には頼みごとができなく

なる」

「うーん……」

しばし唸ったのち久助は、

「ようござんす。受け取りやしょう」

言って笑った。

3

さて、その日も暮れたのち——。

夕食を終え、勘兵衛が読書をしているところに、訪《おとな》いの声が聞こえ、やがて若党の八次郎がやってきた。

「六地蔵のところの、幸作さんが見えてます」

「お、そうか」

勘兵衛は、さっそく上がり框に向かった。

「やあ、幸作さん。このたびはすまぬな」

まあ上がれ、と言いたかったが、賊に襲われたことは園枝も八次郎も知らぬことであった。

「こちらこそ、御無沙汰をいたしておりやす。さっそくながら例の件でござんすが、お察しどおりの二人連れ、ずうっと跡をつかず離れずで、落合さまがこの家に戻られたのちは、馬喰町《ばくろちょう》三丁目にある［初音屋《はつねや》］ってえ旅籠《はたご》に入ってござえます」

「なに、旅籠屋にか？」

「へえ。委細がわかり兼ねやすんで、兼七兄いが、引き続き馬喰町付近で調べておりやす。ま、とりあえずの第一報ということでござんす。詳しいことがわかれば、またご報告をさせていただきやす。せかせかして申し訳ありやせんが、兼七兄いが待っておりやすんで、これにて失礼いたしやす」

「おう。すまなかったな」

こうして幸作は、あっという間に去った。

（馬喰町の旅籠？）

さっぱりわからんな。

勘兵衛は首を傾げた。

翌朝――。

日課となっている剣の朝稽古のため勘兵衛が庭に出ると、若党の新高八次郎が待ち受けていて、

「旦那さま」

妙に押し殺した声で言う。

「なんだ。どうした？」

「なにか、隠し事をされてはおりませんか」

（ふむ……）

そうか。昨夕に、六地蔵の手下の幸作が訪ねてきたことだな、と、すぐに察しがついた。

また重ねるように八次郎が言う。

「それに近ごろは、江戸屋敷への行き帰り以外、一向にお供をさせてもらえません」

かなり不服そうだった。

「ちょっと、こい」

勘兵衛は庭の隅、竹製の丸窓菱垣《まるまどひしがき》のところまで八次郎を連れていき、

「おまえにだけは教えるが、皆に心配をかけるゆえ、決して漏らさぬと誓えるか」

「ははあ……いや、もちろんでございます」

勘兵衛が秘かに渾名《あだな》する〈団栗八《どんぐりばち》〉の目がまん丸になった。

「では、明かそう。決して他言するでないぞ」

「はい。決して……」

「実は、このところずっと、わたしは何者かに尾行《つけ》られている」

「え！　まことでございますか」

「それでな。何者がわたしを尾行するのか、その正体を知るために、昨日、六地蔵の久助親分のところに相談にいったのだ」

「ははあ、なるほど、それで……」

「そういうことだ。幸作さんがきたのは、その報告だ」

「では、つけまわしの正体がわかりましたので？」

「それは、まだだ。でな、八次郎」

「はい」

「ちょうど良かった。まさかとは思うが何者かが、この町宿を狙わぬとは限らん。それゆえ、しばらくの間、わたしが留守をするときは、おまえにこの町宿を守ってもらいたいのだ」

「もちろんです。しかとお守りいたします」

決然とした表情になる。

ということで八次郎は、しばらく勘兵衛の供を外れることになった。

そんなことがあったのち、勘兵衛は一人で愛宕下の江戸屋敷に向かうため、露月町の町宿を出た。

（ふむ）

あいつらだな……。

ちらりと右手を窺うと、四つ角のところから、すっと姿を消す人影を認めた。

（ご苦労なことだ……）

目的のほどは不明ながら、毎朝となると、そう思わざるを得ない。

一方、江戸屋敷前では、愛宕下円福寺《えんぷくじ》前の桜川に沿う掛け茶屋が、張り込みの場となっているようだ。

（きょうから八次郎の供はないが……）

まるで、二人の供を引き連れているようなものではないか。

少し愉快な気分になりながら、勘兵衛は、いつもの道筋をたどって、江戸留守居役宅に入った。

「なあ、勘兵衛」

いつもの執務机に座して松田が、うっすら含み笑いをしながら言う。

「はい」

「この正月からこちら、越後高田城下では大騒ぎが起きておるそうじゃ」

「まことでございますか」

「うん、うん」

目を細めたのち、松田は続けた。

「永見大蔵のことは覚えておろうな」

「もちろん」

小栗美作にとっての厄介者で、酒井大老と組んで、我が越前大野藩主に横滑りさせようとする策謀の元凶である。

「なんでも、その永見と、糸魚川《いといがわ》城代の荻田主馬を頭《かしら》にして、小栗美作を糾弾する、お為方という家士の集団を作り、美作派を逆意方と呼んで対立が深まっていたところ……」

と、松田の話は続くのであるが、この件《くだり》は先に詳述したので割愛する。

しかし、松田の話が、既述したほどには具体的なものではなかったことをつけ加えておく。

「そんな騒ぎの末に、結局は小栗美作は家老職から退いて隠居したそうじゃ」

「ほう。それは朗報ですね」

「まあな」

松田が目を細めるはずだ。

「出所は、稲葉さまでしょうか」

勘兵衛が小声で情報の出所を問うと、

「いいや」

と松田は首を振り、

「庭の山桜が五分咲きになった。ちょいと眺めようか」

言って立ち上がる。

例によって、手元役の平川に聞かれぬ用心だ。

ともに庭先に出たのち、松田が言う。

「昨夕に、[かりがね]で服部と会うての」

「ははあ、服部さま……」

つい昨日に、勘兵衛は浅草瓦町の[高砂屋]前を通った。

なんきんおこしや、岩おこしを商う、その菓子店の亭主である高砂屋藤兵衛《とうべえ》こそが、越前大野藩、忍び目付の服部源次右衛門であった。

「いやはや、なんとも抜け目のない奴じゃ。わしも初めて知ったのじゃが、あやつ、越後高田の城下に、こっそり〈草《くさ》〉を残してきたそうでの」

「なんと。では先ほどのお話は、その〈草〉からの報せでございますか」

「そういうことじゃ」

〈草〉というのは、目標の土地に根付いて暮らす忍者のことだ。

服部源次右衛門と、子飼いの斧次郎《おのじろう》が越後高田の城下町に、およそ八ヶ月ばかりも潜入して、さまざまな工作を仕掛けて戻ってきたことは勘兵衛も知っていたが、あとに〈草〉まで残してきたとは、予想だにしなかった。

「いや、驚きました。しかし、美作が隠居したとなると……。これでもう、我らへの介入は終わったものと捉えてよろしいでしょうね」

「そうじゃな。なにより城下で、そのような騒ぎが起こったなら、それを収拾するのに天手古舞いであろう。つまりは、要らぬお世話の焼き豆腐も、これで終わりじゃろうな」

えらく下世話な表現をしたのが、松田の安堵を物語っていた。

4

翌翌日の二月二十日、勘兵衛は二勤一休の休みにあたり、朝食後は囲碁の入門書を読みつつ、一人碁を打っていた。

そこへ八次郎が緊張した顔つきでやってきて――。

「ええと……。幸作さんが見えました」

「そうか」

立ち上がりかける勘兵衛に、

「それが、なんと、中間《ちゅうげん》の恰好《かっこう》をしておりまして……」

「ほほう」

とりあえず、上がり框のところに向かう。

(なるほど)

紺看板《こんかんばん》(紺木綿の法被《はっぴ》)に梵天帯《ぼんてんおび》、下は股引《ももひき》に草履《ぞうり》ばき、と、まさに中間にしか見えない。

「いえ、親分が……」

照れながら言いかけるのを手で止めて、

「どうせ、この家は見張られていようから、との配慮であろう」

「へい。よくぞおわかりで……。そのとおりでござんす」

素人には見えない風体《ふうてい》の者が出入りすれば、怪しまれようとの用心であった。

「で……」

勘兵衛が促すと、

「へい。親分からの言《こと》づてで、きょう、落合さまのご都合はいかがかと……」

「ふむ。きょうなら終日空いておる」

「さようで。では、九ツ（正午）どきに、昼飯などご一緒しながら、お話をしたいとのことでごぜえやす。へい。例の件につきまして、いろいろとわかりやしたもんで……。そいつは親分の口から……」

「それはありがたい。じゃあ、九ツ（正午）に［魚久］へまいろう」

「いや、そうじゃござんせん。へい。ここに、ざっとした略図をお持ちいたしましたが、両国は西の広小路、柳河岸にある［丸笹《まるささ》］ってえ小料理屋でござんす」

「なに［丸笹］か。それなら知っておる」

思わず勘兵衛は破顔した。

柳河岸の［丸笹］は、かつて作州《さくしゅう》浪人の横田真二郎《よこたしんじろう》と、酒を食らい料理をむさぼった店であった。

横田は［千束屋］の用心棒で、なおかつ勘兵衛とは［高山道場］の道場仲間でもある。

今も［千束屋］の用心棒を続け、ときおりは道場で顔を合わせるが、以前のような交流はなくなった。

「そいつぁ好都合だ。さっそく花川戸へ戻って、親分に伝えやす」

言って、中間姿の幸作は去った。

勘兵衛は白衣《びゃくえ》（着流し）で町宿を出ると、北に進んで新橋（のち芝口橋。明治になって新橋に戻《ま》る）を渡った。

尾行者を撒くことなど、勘兵衛にとっては造作もないことだ。

魚河岸あたりで尾行を断《た》ったのち、横山同朋町《よこやまどうぼうまち》を抜けて〈野《や》の御蔵〉と呼ばれる巨大な蔵屋敷の脇道に入った。

この脇道を抜けたところが、柳河岸だ。

大川べりの岸辺に、夫婦柳《めようとやなぎ》と呼ばれる一対の柳の木があって、これが柳河岸の謂われであった。

勘兵衛が［丸笹］に入ると、入れ混みの土間席から、一人の男が立ち上がって近づいてきた。

六地蔵の一の子分、兼七であった。

「やあ、これは兼七さん。無沙汰をしておる。こたびは厄介をかけたな」

「なんの。それより親分は二階座敷におりやすんで、まあ、どうぞ」

店の小女を手招きして、

「案内を頼むぜ」

小女の案内で階段を上りはじめた勘兵衛がちらりと見ると、兼七は無双窓《むそうまど》（採光、通風、眺望に使用できる連子窓《れんじまど》）を開けて、表を窺っていた。

尾行者の有無を確かめているのだろう。

5

大川に面した六畳ほどの小座敷で、羽織姿の［六地蔵の久助］親分があぐらをかいて、煙草をくゆらせていた。

「やあ、ご足労をおかけいたしましたな」

「とんでもない。親分こそ」

「ま、ま。おかけくだせえ」

勘兵衛は腰の物を束ねて右側に置くと、菅《すげ》製の円座にあぐらをかいた。

小座敷の窓障子は開け放たれており、春霞のなか、対岸の回向院《えこういん》の伽藍《がらん》が望まれる。

眼下では、葦簀《よしず》張りの見世や、芝居や辻講釈、軽業《かるわざ》の見せ物小屋などが立ち並び、口上《こうじょう》やら遊客のさんざめきが届いてくる。

「膳は、のちほどじゃ。改めて呼ぶゆえ、襖は閉めてくれ」

廊下に突っ立っている小女に声をかけ、久助は、ポンと煙管《キセル》を煙草盆の灰吹きに打ち付けて、傍らの茶瓶から湯飲みに茶を注ぐ。

「ま、とりあえず」

湯飲みを畳に滑らせた。

「恐縮です」

「さっそくですが、落合さまをつけまわしている野郎は、［初釜《はつかま》］の子分たちとわかりやした」

「はつかま?」

「いえね。馬喰町三丁目に［初音屋《はつねや》］ってぇ旅籠屋がございやして、こりゃあ［初音《はつね》の馬場《ばば》］から近いんで付けた屋号でしょうがね。そこの主が釜蔵《かまぞう》と言いやす」

「なるほど、それで［初釜］」

「そういうこった。この釜蔵、南町の廻り方から手札をもらい、岡っ引きをやってるってえ小悪党でござんしてね。噂じゃ、その旅籠屋も、阿漕《あこぎ》なやり方で手に入れたってえ、評判の良くねえ男でござんすよ」

正式には御用聞き、岡っ引きという生業《なりわい》は、もともとが堅気《かたぎ》の衆ではなくて、裏社会に通じたヤクザ者も多い。

「初音の釜蔵との通り名のほかに、［初釜の親分］とも呼ばれておりやすが、近隣の商家の悶着を解決するとの触れ込みで、半ばは脅して、月月の守料《もりりよう》をふんだくっているってえ、あくでえ野郎でさあ」

守料とは、現代でいう、みかじめ料のことだ。

「しかし、また、なにゆえ、そのような者が、わたしをつけまわすのでしょうか」

「そこなんでえ。その［初釜］の野郎なんだが、近ごろは足繁く郡代《ぐんだい》屋敷に顔を出すようになった、と聞き込んでおりやす」

「郡代屋敷というと、あの伊奈半十郎《いなはんじゆうろう》どのの……」

勘兵衛の裡《うち》で、ちらりと何かがよぎった。

郡代屋敷とは、関東郡代の江戸屋敷で、この柳河岸からはほど近い浅草御門内にあり、まさに［初音馬場］にくっついた位置関係にある。

（そうだ……）

その郡代屋敷について、昨年の八月、勘兵衛は松田と交わした会話を思い出していた。

「それから、例の刀磨屋の件ですがね……」

「お、知れたか」

「へい。一月二十八日に、それらしい刃こぼれのある刀が、神田鍛冶町《かじちょう》にある［河合《かわい》伝左衛門店《でんざえもんだな》］に研ぎ直しに出されておりやした」

「ふむ、一月二十八日にな」

賊に襲われた翌日である。

「持ち込んだ客の名は、栂崎正成《つがさきまさなり》。へい、こちらが河合店《たな》預かり帳の写しでさあ」

言って久助が、懐から取りだした写しを差し出す。

そこには——。

無銘刀二尺四寸五分研ぎ直しのこと
上記、たしかにお預かり候こと
伊奈半十郎さま江戸屋敷　栂﨑正成殿

と、ある。

「残念ながら当の刀は、すでに仕上がって二月九日に引き渡した由ですが、どうやらつながったようでござんすね」

「うむ」

勘兵衛は短く顎を引き、

「この栂﨑という御仁が、わたしを襲い、なおかつ［初釜］とやらを雇って、機会あらばと狙っておるようだな」

「心当たりは、ございますんで？」

久助が眉を寄せて言う。

「だいたいの見当はついた。人は思わぬところで恨みを買うようだ。だが、あとはわたしがなんとかする。親分は、ここらで手を引いてくれぬか」

「それはまあ、よござんすが、昼膳ののちは、［初音屋］ってえ旅籠の在処《ありか》をお教えしよう、との心づもりでございやしたが……」

「そう願おうか」

「へい」

中食を終えたのち、勘兵衛は久助とともに広小路の雑踏を抜けると、浅草御門前から馬喰町の通りに入った。

南西に通る、この通りは馬喰町四丁目、三丁目と続き、一丁目の先は小伝馬町だ。

通りに入ってしばらく歩くと久助が、右斜めを指で差し、

「少し先、藍染めの日除暖簾《ひよけのれん》を垂らしているのが、そうでさあ」

「あれか。うむ、見えた」

暖簾には白抜きで〈やど　はつねや〉と書かれている。

規模の小さい旅籠屋だ。

この馬喰町というところ、郡代屋敷へ公事《くじ》訴訟に訪れる旅人の増加に伴って公事宿が増えはじめ、ついには四十軒を超えるのだが、延宝のこのころは、まだ十軒にも満たない数であった。

勘兵衛と久助は、足をゆるめることなく［初音屋］の前を通り過ぎる。

やがて小伝馬町に入り、大門《おおもん》通りと交わる四つ角のところで勘兵衛は立ち止まった。

一緒に足を止めた久助に言う。

「このたびは、まことに厄介をかけました。改めて礼を申します」

「なんの、これしき……。いつにても、お声をかけてくだせえ」

「その節には、よろしくお願い申す。では、これにて……」

小さく頭を下げると、

「へい。じゃあ、くれぐれもお気をつけなすって……」

久助と別れた。

いま来た道を戻る久助とは逆に、勘兵衛は再び歩きはじめた。

考えたいことが、いろいろとある。

いや、考えるまでもない。

だいたいの経緯《いきさつ》は見当がついている。

右前方の牢屋敷を眺めながら勘兵衛は、頭のなかで整理した。

6

そもそもは、昨年八月に遡《さかのぼ》る。

松平直明の世襲を控えて、越前大野から大名分の津田左衛門富信《さえもんとみのぶ》と家老の津田図書《ずしょ》信澄《のぶすみ》が、江戸屋敷に到着した。

両津田家は代代、先君、松平直良家臣の内でも、特別の家である。

勘兵衛は、その両津田家の主に挨拶をしたのだが、日ならずして津田信澄の態度に大きな変化があった。

ことさらに、勘兵衛を無視しようとする。

掌《てのひら》を返したような形様《かたちざま》を訝《いぶか》った末に勘兵衛は、ひとつの可能性に行き当たった。

勘兵衛には幼いころからの、永年の仇敵がいた。

山路亥之助《やまじいのすけ》である。

亥之助は、郡奉行《こおり》であった山路帯刀《たてわき》の嫡男であったが、父親が銀山不正に関わっていたことが露呈して捕吏《ほり》が出動したとき、これに抵抗し、数名の役人を斬って国許を出奔《しゅっぽん》した。

逃亡先の江戸に討手が出たが、ついに果たせず、そのお鉢が勘兵衛にまわってきた。

六年前、勘兵衛が江戸に出た原点は、そこにある。

それから四年――。

勘兵衛はついに、仇敵の山路亥之助を討ち取った。

亥之助の亡骸《なきがら》は、本庄（本所）一帯を取り仕切る親分である［瓜の仁助］によれば、身許不明のまま無縁墓に葬られたというが、手を下したのが勘兵衛だろうと、知る者は知っている。

その山路亥之助の母は、津田信澄の三女であって、亥之助は信澄の孫にあたった。

信澄は、江戸にきたのち福井藩江戸屋敷の老女と秘かに会った折に、亥之助が勘兵衛に討たれたことを耳打ちされたと類推される。

信澄の態度の変化は、そうとしか考えられなかった。

ところで亥之助の姉は、下総国《しもうさのくに》、行徳《ぎょうとく》代官の家に嫁ぎ、その手蔓《てづる》で亥之助の母と妹も行徳へ移ったと聞いている。

と、なると——。

越前大野に戻った津田信澄は、事の次第を行徳にいる娘や孫に宛てて、書信を認《したた》めたであろうことは想像に難《かた》くない。

そこで、おそらくは行徳代官の指示で勘兵衛に討手が出た。

その討手こそが、栂﨑正成ではないか？

勘兵衛の思考は、そのように進む。

だが栂﨑が、勘兵衛の動向を日がな一日つけまわすのは不可能だ。

そこで雇われたのが［初音の釜蔵］。

勘兵衛が描いた絵図は、ほぼ完成したが、いまひとつの確証が欲しい。

はたして栂﨑なる人物が、行徳代官と、まことに繋がっているのか。

単に郡代屋敷にいるから、だけでは決めつけられない。

しかも――。

だいたいに勘兵衛は、行徳代官の名すら知らないのだった。

（ここは、やはり……）

松田さまを頼るしかないだろうな。

こうして勘兵衛の足は、愛宕下の江戸屋敷へと向かうのであった。

暫時の刻が流れ……。

「ふむ。行徳代官と栂﨑正成な……」

勘兵衛から、これまでの経緯を聞き取ったのち、江戸留守居役の松田は腕を組んだ。

そして言う。

「郡代屋敷などと人は呼ぶが、あそこは幕府の役所でもなんでもない。伊奈半十郎の知行高は七千石、江戸屋敷は、かつて常盤橋御門《ときわばしごもん》内にあったが、明暦《めいれき》の大火で消失しての。それで今の馬喰町に移ったのじゃ。それから、そろそろ二十数年が経ったが、つまるところ、七千石の大身旗本の江戸屋敷と変わりはないのじゃ」

「そうなのですか」

「まちがいない。ついでに申せば関東郡代は、勘定奉行の支配下にある」

「なるほど……」

伊奈家が代代踏襲する関東郡代は、関八州《かんはっしゅう》の幕府直轄領の民治を司《つかさど》る地方官で、およそ三十万石を管轄して年貢の徴収や行政もおこなった。

と、いっても、広範囲にわたる関八州で、実際に行政を執り行なうのは、武蔵国《むさしのくに》の赤山《あかやま》陣屋や同国小菅《こすげ》陣屋をはじめとする各地で、伊奈家の家臣が代官として配置されている。

行徳代官もまた、そのひとつであった。

のちになり、江戸の郡代屋敷で公事訴訟を受け付けて、吟味、裁決まで執り行なうようになったので、馬喰町や小伝馬町あたりに公事宿が林立したことは、すでに述べた。

「で……」

と、松田が続ける。

「行徳代官と、おまえを襲ったらしい栂崎正成については、ちと調べておこう」

「よろしくお願い申し上げます」

勘兵衛は頭を下げた。

松田の仕事は、とにかく早い。

翌翌日には、回答が待っていた。

「行徳代官の名は渋谷重太郎《しぶたにじゅうたろう》、妻女は津田家老の孫のちづるにまちがいはない」

「ははあ、渋谷重太郎……」

勘兵衛は、その名を胸に刻んだ。

「で、栂﨑正成というのは、渋谷重太郎の家来、すなわち陪臣《またもの》じゃ。この正月明けに剣術修行の名目で郡代屋敷に入ったと言うぞ」

「やはり、そうでしたか。繋がりました」

「ふむ。しかし、そんなのに付け狙われては、気色《きしょく》が悪かろう。なんなら伊奈家に談判でもいたそうか」

小藩といえども、越前大野藩は制外の家柄、そこの江戸留守居ともなれば、伊奈家もおろそかにはできない。

松田の情報も、それゆえに入手できたにちがいない。

「いえ、それには及びませせぬ。事を荒立てるのは、いささか……」

「そうか……。で、どうなのじゃ。栂崎正成とか申す者の腕じゃ。刺客に選ぶほどだから相当なものか」

「太刀筋は鋭うございましたが、それほどの腕とは思えません」

「だが、一度失敗しておるからな。次には多人数で、ということもあるぞ」

いかにも心配そうな声音《こわね》であった。

「まさか白昼に襲ってくるとも思えませんし、当分、夜の外出を控えておれば、そのうちにあきらめましょう」

「そうじゃなあ。岡っ引きを雇った、となると費用《かかり》も大変じゃ。そのうえ、機会到来まで、食い詰め浪人を雇うまでの余裕があるとは思えんなあ。渋谷重太郎にしても、ご妻女や義母の手前、刺客を送り出しはしたが、どこまで本気なのかは、ちと疑わしい。おまえの読みどおり、栂崎も路銀を使い果たせば、あきらめて行徳へ戻るかもしれん」

結局は耐久戦だな、と勘兵衛も思った。

「ところでな……」

松田の口調が変わった。

「はい」

「嬉しい知らせじゃ。まだ内密じゃが、仙姫《せんひめ》さまがご懐妊らしい」

「まことですか」

「うむ。順調に育ってくれればよいのだが……の」

「いずれにしても朗報です。殿におかれても、さぞ、お喜びでございましょうな」

「知れたことじゃ。実は内内に安産祈願には何処がよいかと尋ねられておってのう」

「さようで。たしか直堅さまは、永田町《ながたちょう》の日吉山王権現社《ひよしさんのうごんげんしゃ》が江戸城の鎮守で、将軍家の安産祈願所だと聞いて、お札を求められたと聞きましたが」

「そうらしいのう。じゃが、もっと良いところがあるのじゃ。古来より水と子供を守護するという水天宮《すいてんぐう》じゃ」

「ははあ、水天宮……。耳にしたことはございますが……」

「残念ながら、江戸にはない。なにしろ本宮は筑後久留米《ちくごくるめ》の久留米水天宮じゃでな」

「まさか……」

「そのまさかじゃよ。誰ぞに代参させて、お札をいただいてこようかと考えておるのじゃ」

と、松田の熱の入れようも半端ではなかった。

ちなみに、これより百四十年ばかりものち、久留米藩二十一万石の上屋敷内に、九代藩主有馬頼徳《ありまよりのり》によって水天宮が勧請《かんじょう》された。

これが江戸の水天宮のはじまりで、一般にも開放されたので、増上寺《ぞうじょうじ》の南西、麻布《あざぶ》の新堀に架かる赤羽橋《あかばねばし》近くにあった久留米藩屋敷には参拝客が押し寄せて、〈情け有馬の水天宮〉との地口まで生まれた。

なお現代の日本橋蠣殻町《かきがらちょう》二丁目にある水天宮は、明治になって、この地に遷座されたものである。

大目付、勘兵衛を口説《くど》く

1

二月の終わりには、長崎《ながさき》から阿蘭陀《オランダ》商館長《カピタン》の参府があった。

その日、勘兵衛は若党の八次郎に声をかけた。

「どうだ。八次郎。今日あたり、阿蘭陀宿でも見物に行くか」

「え、よろしいんで……」

八次郎は喜色満面になった。

思えば、久し振りの供なのだ。

「ああ、しばらく様子を窺ったが、たいしたことではなさそうだ」

相変わらず、金魚の糞《ふん》みたいに付きまとってくる人影はあったが、さしたることはない、と勘兵衛は踏んだ。

気にしていては、キリがない。

阿蘭陀宿はカピタン一行の江戸での定宿で、石町《こくちょう》（のち本石町）三丁目にある薬種問屋の［長崎屋］のことだ。

勘兵衛と八次郎は、その［長崎屋］に向かったのだが、なんのことはない、オランダ人を一目見ようと、野次馬が殺到していた。

「こりゃいかんな」

「人を見にきたようなものですね」

早早にあきらめ、

「なにか、旨いものでも食わせようか」

「ほんとうですか」

勘兵衛は、金魚の糞に当てつけるように、小伝馬町、馬喰町と［初音屋］の前を通って八次郎を柳河岸の［丸笹］へと連れていった。

もちろん［初音屋］前を通ったのは、わざと、である。

三月一日の月次拝賀の日には、江戸城において〈蘭人御覧《らんじんごらん》〉がおこなわれた、と聞く。

将軍に拝謁ののち、オランダ人たちは御殿奥に招かれ、本丸の白書院において、さまざまな芸を披露するのを大奥の女たちに見物させる。

この噴飯《ふんぱん》ものの行事を〈蘭人御覧〉といったのだ。

それはともかく、日は流れて三月の二十日、この日、勘兵衛は二勤一休の休の日に当たり、愛剣である埋忠明寿の手入れに余念がなかった。

そんなところへ八次郎が、

「ただいま、兄がまいりまして、松田さまがお呼びとのことでございます」

「なに」

「特に急ぐことではない、とも申しております」

「わかった」

急用ではないとのことだが、やはり気になる。

勘兵衛はさっそく、愛宕下の江戸屋敷に向かった。

「おう、きたか」

松田が、執務机の向こうから手招きする。

「なにごとか、ございましたか」

「ほかでもない。実は、先ほど思いがけない客があってな」

「どなたでしょう」

「向井作之進《むかいさくのしん》、と名乗られた。どうじゃ、覚えはあるか」

「それは、また……。幕府大目付の大岡忠種《おおおかただたね》さまの御用人ではございませぬか」

「そうらしいの。で、口上はこうじゃ。明、二十一日は八十八夜、殿にあらせられては久方ぶりに、落合勘兵衛どのと語られたい、との思し召《おぼ》し、一夕、落合どのをお貸しくだされぬか、とのことじゃった」

「それは、また、思いがけぬ申し入れですね」

「ふむ。わしも驚いた。異存はござらぬ、と答えておいたが、いささか不審でな」

「不審と言われますと？」

「おまえに用なら、直接に誘えば良さそうなものなのに、なにゆえ、わしを通しての招誘なのか」

「そういえば、そうですね」

「たしか大岡さまとは、これまでに何度か会うておったな」

「はい。最初は、例の菊池兵衛《きくちひょうえ》どのに引き合わせられて二度ばかり、三度目は、わたしが拾った赤児の後始末のため、わたしからお願いしてお会いしました」

菊池兵衛は、大目付直属の黒鍬者《くろくわもの》であった。

「ふん、ふん、そんなこともあったなあ、ようく覚えておる。しかし、これまで、このわしを通したことなどないからのう」

「そうですねえ」

勘兵衛も、首をひねった。

「なにより、あすは八十八夜、などと、取ってつけたような前置きには、首をひねるばかりじゃ」

八十八夜は、立春の日から数えて八十八日目の雑節で、農民たちには種蒔きの目安となるが、武家や商家にとっては特別な日ではない。

「…………」

しばし考えたのち、勘兵衛は言った。

「つまり、大岡さまは、わたしに何かお命じになりたいが、他家の家臣ゆえ、前もって松田さまに筋を通した、ということではございませぬか」

「うむ。それなら納得がいく」

言って、松田はしばらく考えていたが……。

やがて、おもむろに口を開いた。

「もしや、越後高田の騒動に絡んだことではないかの」

「わたしも、今、そのようなことを考えておりました。わたしが大岡さまと知己《ちき》を得たのも、直堅さまの一件が発端でございましたから」

まだ権蔵といったころの松平直堅は、この江戸屋敷に匿われていたが、正体不明の刺客団に狙われていた。

その正体が、越後高田藩筆頭家老である小栗美作の指示であると暴いたのが、勘兵衛だった、という経緯がある。

「ま、この推量が当たっているとは限らぬが、大目付から、どんな話が飛び出すか、なんとのう楽しみじゃ。そうそう、大岡さまは明日の七ツ（午後四時）に飯田町《いいだまち》の[若狭屋《わかさや》]にて待っておられるとのことじゃ」

「ははあ、七ツ（午後四時）に[若狭屋]でございますな」

「ときに、その[若狭屋]とは料理屋かなにかか」

「いえ、塗箸や利休箸など、箸の問屋でございます。なんでも大岡さまとは、昔から縁故の深い店だそうでして……、三年前、わたしが最後に大岡さまに会いました場所も、その店で……」

ついつい、長説明になりそうなのに気づいて、勘兵衛は口を閉じた。

たいがいのことは松田に報告している勘兵衛だが、三年前に大岡と会った場所まで

は、具体的に告げてはいなかったらしい
だが、松田は特に疑うでもなく、

「ほう。そうなのか」

あっさりと答えた。

「ところで松田さま」

「なんじゃ」

「その後に越後高田藩の騒動について、なにか、お耳に入っておりましょうか」

「いや、一向に……。続報を知りたいものとは思うておるのじゃがのう。もし推量が当たっておれば、明日、大岡さまの口から知れよう」

「そういうことですね」

こうして松田の呼び出しは終わり、勘兵衛は家路についた。

三年前の大岡から打ち明けられた大きな秘密だけは、勘兵衛の胸の内に深く秘められていて、誰にも漏らしてはいないし、これからも漏らしはしない。

他でもない、主君直明の正室である仙姫に関しての秘密である。

仙姫が直明に嫁したのは、直明が十五歳、仙姫が十二歳のときで、いわゆる〈仰せ出されの婚姻〉であった。

つまりは、公儀から下される結婚管理法で、従わざるを得ない。

酒井大老の係累であった仙姫を、伊予松山の松平隠岐守《おきのかみ》の養女としたうえで、直明のもとに嫁がせた、ということになっている。

ま、それにちがいはないのだけれど、仙姫の実父は若狭小浜藩初代藩主の嫡男として生まれ、若年寄にまで昇ったのちに廃嫡された酒井忠朝であり、実母は摂津有馬の湯女《ゆな》であった小万《こまん》だというのだ。

大きな秘め事というのは、それだけではない。

［若狭屋］のご新造はしのぶという名だが、なんとその女性が、仙姫の実の姉だというのだ。

そのような関係を知っているのは、この世に大岡忠種ただ一人であった。

そんな重大事を、三年前に勘兵衛に伝えたのは、大岡も六十の半ばを過ぎて――。

――しのぶの素性について、いずれは、誰かに告げておかねばならぬと思うていた。もはや、それを知っておるのは、わしだけゆえにな。

三年前の夏四月、［若狭屋］の一室で大岡が語りはじめたのが、この秘密であった。

その相手が、なぜ自分だったのか……。

それは、未だに勘兵衛にもわからない。

だが、ひとつだけはっきりしているのは大岡にとって、しのぶが娘同様に可愛い、ということだった。

2

大目付というのは、諸大名や高家《こうけ》などを監察糾弾する役で、旗本が就く最高位の役職であった。

大岡忠種は今年六十九歳、勘兵衛が三年前に会ったときの印象は――。

(とにかく、話し好きな御仁であった……)

と、なると、

(対面も、よほどに長くなろうな)

しばらくは、夜の外出は控えていたが、今宵ばかりはやむを得ない。

(十分な用心と備えが必要であろう)

そんな覚悟も固めている。

三年前大岡は、[若狭屋]にはお微行《しのび》でいくので、勘兵衛にも普段着でこいと言われていた。

しかし、今回は指示がない。

やはり羽織袴にしようと考えた。

また礼儀として、大岡から贈られた鉄扇も忘れてはならない。

長さは八寸（二四㌢）、重さは三百匁（一・一㌔）ほどの、親骨に鋳造鉄を使い、黒呂色漆《くろろいろうるし》に仕上げられている鉄扇も忘れず帯に手挟《たばさ》んだ。

そのうえで、提灯と携帯用の火縄に付木をひとまとめにくるんで右腰に下げると、勘兵衛は町宿を出た。

三年前には、まだ猿屋町の町宿で、飯田町近くの俎橋《まないたばし》まで八次郎に案内させたものだが、すでに町歩きで江戸の地理にも習熟している。

一路、俎橋を目指した。

指定の［若狭屋］は、俎橋の西袂あたりから西に長く延びる飯田坂の途中にある。

その飯田坂がある飯田町や近辺の武家屋敷は、のちの元禄《げんろく》十年（一六九七）に大火があって、丸ごと焼け落ちた。

それで町ごと築地《つきじ》に引っ越して、飯田町は元飯田町と町名が変わる。

また飯田坂は、宅地に合わせた九段《くだん》の階段坂に姿を変えて、以降は九段坂と呼ばれるようになった。

さて勘兵衛は、相変わらずの金魚の糞を引き連れて、俎橋に着くと中天を仰いだ。

頭上では、鳶《とんび》が円を描いていた。

(そろそろ七ツか)

太陽の位置で、おおよその時刻の見当がつくのだ。

ときおり陽の傾き具合を確かめながら、緩急をつけて歩いてきたので、目論見《もくろみ》どおりに着いた。

飯田坂の取っ付きには武家屋敷が並び、その先から飯田町が始まる。

(おや?)

以前にきたときは、たしか——。

〈諸国塗箸、利久、数寄屋、竹、白木、各種取揃候〉と書かれた、店頭の置き看板があったはずだが、それがない。

そればかりか、庇下の紺暖簾も仕舞われている。

しかし、[若狭屋]の軒看板はある。

訝りながら石段を三段上がると、入り口の障子には、〈勝手乍《なが》ら本日休業〉の張り紙があった。

(そういうことか)

「ごめん」

声をかけたうえで、勘兵衛は障子を開けた。

土間に続く座敷から、ご新造のしのぶが立ち上がった。

奥には五人の武士がいたが、どうやら大岡の供の者であろう。

勘兵衛が、奥の武家たちに会釈をすると、一斉に会釈が返ってきた。

「お久しぶりでございます」

しのぶが言う。

「いや、こちらこそ。その際には立派な若狭箸を頂戴いたしまして、ありがとうございます」

勘兵衛が若干の緊張を覚えながら挨拶をしたのは、目の前の女人が、誰あろう仙姫の実の姉だと知っているからだ。

「まあ、そんな昔のことを……」

しのぶは、美しい笑顔で返し、

「つい先ほどに到着なされて、お待ちでございます。さあ、どうぞお上がりくださいませ」

「では、失礼をつかまつります」

土間の端、二階への階段近くで白皮二石緒の草履を脱いで、白足袋の土埃を払って座敷に上がった。

「提灯を、ここに置かせていただきます」

「どうぞ」

右腰に下げた包みを階段脇に置いたあと、勘兵衛はしのぶの案内で二階に上がる。

「お着きでございます」

しのぶが襖ごしに声をかけたのは、以前にも使われた座敷であった。

「おう。入ってもらえ」

矍鑠《かくしやく》とした声の返事があった。

しのぶが襖を開けたところで、勘兵衛は敷居手前の廊下に膝をついた。

「挨拶は不要じゃ。さっさと通れ」

「は」

勘兵衛は腰の物をしのぶに託し、座敷に入った。

「堅苦しい作法も要らぬ。とっととざぶに座れ」

「ははあ」

素直に従い、勘兵衛は大岡忠種の向かいに敷かれた座布団に座る。

間には二脚の漆塗りの中足膳が置かれ、茶菓が載っている。

「遅うなりまして、申し訳ございません」

勘兵衛が詫びると、

「なんの。まだ七ツ（午後四時）の鐘も鳴っておらぬ。歳を取ると、だんだんにせっかちになってのう。それより一別以来じゃ。元気でおったか」

「取り柄は、それくらいなものでございます」

「ほう。なかなかに受け答えも上達したようだ」

「恐縮です」

「たまには千鳥ヶ淵《ちどりがふち》のほうに顔を出すかと楽しみにしておったに、薄情な奴だ。しびれを切らして、このような仕儀と相成った。遠いところをすまんのう」

「とんでもございません」

千鳥ヶ淵は、大岡の屋敷があるところだ。

しのぶが勘兵衛の刀を刀架に収め、勘兵衛に茶を出して去るのを待っていたように、

「ところで、そなた、妻を娶ったそうじゃな」

「あ、はい」

「水臭いやつだ。なんの祝いもできなんだではないか」

「いえ、もったいない」

「で、子供は?」

「まだでございます」

「そうか。いや、たいしたものではないが、土産を用意した」

言って、傍らから細長い桐箱を取り出すと、

「遠慮せずに受け取れ。と言うても、そなたにではない。ご妻女への土産だ」

「それは、ありがとうございます。では遠慮なく……」

勘兵衛が受け取ると、

「有馬の人形筆じゃ。確かめてみよ」

「はい」

桐箱の蓋を開けると、色鮮やかな絹糸が市松模様に巻き付けられている。

「話には聞いておりましたが、実物を見るのは初めてでございます」

勘兵衛が筆を執ると、筆の尻から小さな人形が飛び出した。

「子宝の縁起物じゃ」

「ははあ」

大岡も人が悪い。すでに勘兵衛のことは、調べていたらしい。

3

「ところでな」

大岡の口調が変わった。

「はい」

人形筆を箱に仕舞い、中足膳に置く。

「この正月に、越後高田で騒擾《そうじょう》があったことを知っておるか」

やはり、そのことか、と勘兵衛は思いながら、

「詳しいことまでは知りませんが、耳にしております」

「では、お為方、逆意方というのは聞いたことがあるか」

「お為方が反小栗美作派、逆意方が美作に与《くみ》する者たち、くらいは聞き及んでおります」

「さすがじゃ。では、その後のことは?」

「いえ、そこまでは」

「そうか。実は右近衛府《うこのえふ》少将が参勤で、この十六日に江戸に到着した」

右近衛府少将とは、越後高田藩主、松平光長の官名である。

大岡は続けた。

「煩《わずら》わしいので、光長と呼ぼう。光長には天皇家や摂関家に甥やら姪がおる。それゆえ役目柄、以前より越後高田藩の上屋敷、中屋敷、下屋敷にも黒鍬者を配しておるのだが……」

大名家が天皇家や公家と結びつくことを、幕閣は警戒している。謀反《むほん》を排するためだ。

「意味はわかるな」

勘兵衛が無言なので、確かめてきた。

「理解しております」

「なら、いい。実は江戸にても騒ぎがあった」

「と、言いますと？」

「光長が江戸に到着する前日に、越後高田の中屋敷において、おかしな動きがあったのだ」

「中屋敷と言いますと、麻布三河台《みかわだい》でございますな」

「うむ。三河守《みかわのかみ》、すなわち光長の養子となった綱国《つなくに》が居住するところである」

「で、おかしな動きとは、どのような？」

「中屋敷の江戸留守居は、中根長左衛門《なかねちようざえもん》というのだが、こやつが上屋敷や下屋敷などを巡って、江戸のお為方から、どうやら誓詞を掻き集めたらしい」

「せいし？　誓いのことば、のことでしょうか」

「それだ。綱国の付家老は安藤九郎右衛門《あんどうくろうえもん》というて、がちがちの美作派だ。お為方は上屋敷に着いた光長に誓詞を示し、付家老の更迭を求めるという騒ぎがあったようだ」

「つまりは、騒ぎは江戸にまで飛び火したということですか」

「そういうことになる。となると、この騒動、ちょっとやそっとでは収まるまいよ」

「…………」

はて大岡が、そのような話を聞かせる意図はなにか。

勘兵衛は、いささか緊張すると同時に。いやな予感も覚えた。

はたして――。

「それでな」

大岡の声音に力が入った。

「騒動の行方次第では、そなたから預かっている、例の判物《はんもつ》の出し所を測らねばならぬ」

（預かっている、と、きたか）

例の判物とは五年前の権蔵暗殺計画について、福井藩士であった三杉《みすぎ》を美作が抱き込み脱藩させたうえで、内偵者として江戸に送り込んだ動かぬ証拠のことである。

美作の花押まで押された、その判物をたしかに勘兵衛は大岡に渡したが、今は稲葉老中のもとにあることも勘兵衛は知っている。

「ところがな」

無言の勘兵衛に焦《じ》れたのか、大岡の声が少し大きくなった。

「いかんせん。潜り込ませた黒鍬者だけでは、どうにも手が足らぬ。そこで相談なのだが、そなたにも手を貸して欲しいのだ」

「ははあ……」

しばし考えたのち、勘兵衛は答えた。

「もちろん、お手伝いをするにやぶさかではございませんが、わたしは、先に出ました中根某《なにがし》とか安藤某とか、顔さえ知りません。そんなわたしでお役に立ちましょうか」

一応は押し返してみた。

「そのことなら手だてを考えておる。なによりそなたは、五年前、同じような状況下で、見事に小栗美作の尻尾をつかんできたではないか。わしは、おぬしの、そんな手腕に期待しておるのだ」

「お褒めいただき光栄ですが、あれはわたし一人の働きではございません。協力者があってのことでございます」

「そうなのか。いや、あのときは詳しゅうに訊かなかったが、その協力者というのは誰のことだ」

「はい。有り体《あてい》に申し上げますと、火盗改《かとうあらた》めに差口《さしぐち》奉公をしている次郎吉《じろきち》という者と、その子分たちです」

差口奉公というのは、町奉行所の岡っ引きに対し、火盗改めにおいては、そう呼ぶのである。

「ほう。こりゃ驚いた。そなた、なかなかに顔が広いのう」

「いや。たまたま知己を得ただけで……」

正確にいえば、江戸留守居の松田の線だが、そのあたりは濁す。

「その火盗改めとは、岡野成明《おかのなりあき》のことか」

「あ、はい。詳しく申せば、次郎吉は岡野さまの与力の付き人（密偵）でございます」

「ふうむ。良いではないか。今回も、その次郎吉とやらにも手伝ってもらおう。手当はたっぷりとはずむでな。どうだ」

「そういうことなら、手伝わせますが」

「うむ。よろしく口を利いてくれ」

「承知いたしました」

結局は引き受けることになった。

「いや、頼もしいかぎりだ」

大岡から笑みがこぼれた。

「ところで、先ほど、手だてがある、とおっしゃいましたが」

「うむ。騒ぎが耳に入って日も浅いゆえ、まだ体制も整ってはおらぬが、急遽、我が家《いえ》の者から五人、心利きたる者を選んでおいた。だが、いずれも、そういった探索には馴れておらぬ。それゆえ、そなたに舵取りというか、要は取り仕切ってもらいたいのだ」

「さて、そのような大役が、わたしに務まりましょうか」

「へりくだることはない。それに、そなた自身が走りまわる必要もない。先ほどの……次郎吉というたか、その者と五人を引き合わせ、そなたが指示を出すというのはどうだ」

「では、僭越《せんえつ》ながら努《つと》めてみましょう」

「いや、ありがたい。ではさっそくながら、五人に引き合わせよう」

階下に座していた、五人の武士がそれだったようだ。

4

引き合わせられた武士たちは、それぞれに羽倉杢之助《はくらもくのすけ》、宅間東太郎《たくまとうたろう》。遠藤新九郎《えんどうしんくろう》、榊原彦二郎《さかきばらひこじろう》、堀内直之《ほりうちなおゆき》と名乗った。

勘兵衛と同年配もおれば、歳上の者もいる、といった陣容だ。

この五人を、勘兵衛は秘かに〈五人衆〉と呼ぶことに決めた。

それはともかく、勘兵衛は紹介された〈五人衆〉と挨拶を交わしたのち、今後の方策について語った。

まずは、[冬瓜の次郎吉]について、ざっと説明して、続ける。

「子分は三人しかおりませんが、いずれもわたしを助け、越後高田藩江戸屋敷の見張りには長《た》けており、必ずやお役に立ちましょう」

〈五人衆〉は、それぞれに頷き、大岡もまた首合点をした。

「で、まずは次郎吉と、その子分たちを、皆皆さまにお引き合わせをせねばなりませんが、向こうの都合もございますでしょうし、万事を調えたのち、差し集うことにいたしたく思いますが、いかがでしょう」

するとと〈五人衆〉のうちで、いちばん歳上と思える羽倉杢之助が口を開いた。

「あいや、聞いたところでは、その次郎吉の住まいは四ッ谷塩町と申しましたな」

「そのとおりです」

「されば、千鳥ヶ淵の屋敷より半里余り。無駄足になっても大過ないゆえ、我らも近くまで同道いたしたいと思うが、いかがか」

「それは一向にかまいませんが……」

勘兵衛は少し考えたのち、

「では、こういたしましょう。次郎吉の所へは、明日さっそくに出向くこととして、皆皆さまとは、いずくかで落ち合おうかと思います」

「異存はない。どこがよろしかろうか」

「半蔵御門《はんぞうごもん》近くに、火の見櫓がございましょう」

「千鳥ヶ淵から、ほど近い。もちろん知っている。沼新五郎《ぬましんごろう》どのの火消屋敷《ひけし》であろう」

明暦の大火に懲りた幕府は、新たに〈定《じょう》火消〉を創設し、四名の旗本に火消屋敷を与えていた。

「屋号は忘れましたが、その火消屋敷の向かいに、蕎麦屋がございます」

勘兵衛が、なぜその蕎麦屋を知っているかというと、以前に長崎奉行の岡野貞明を見張ったことがあるからだ。

岡野の屋敷は半蔵御門外から近い、麴町《こうじまち》三丁目横町通りにあった。

「はて？」

蕎麦屋と聞いて、羽倉は首を傾げたが、いちばん年若に思える遠藤新九郎が、

「はい。たしかにございます。屋号は［砂場《すなば》］、なんでも大坂から下《くだ》ってきた蕎麦だと、店主が言っておりました」

「おう、そうか。そういえば新九郎は食い盛り、いつも腹が空いた、と訴えておるものな」

羽倉のからかいに、残りがハハハと声を出して笑い、勘兵衛も和気藹藹《わきあいあい》とした様子に微笑《ほほえ》む。

羽倉が勘兵衛に言う。

「お聞きのとおりだ。その［砂場］にて待ち合わせればいいのだな」

「はい。そういたしましょう。時刻は……ときに遠藤どの、その［砂場］が混み合う時刻はございますか」

「やはり昼どきは、火消人足たちが押し寄せるようです」

「では、それをはずして八ツ（午後二時）ごろではいかがでしょう。できれば、それまでに次郎吉に話をつけて、子分ともども蕎麦屋のほうにまいりたいと思います」

「承知した。よろしくお願い申す」

と、いうことになった。

夕膳が用意されていて、みんなで食したのち、ともに［若狭屋］を出ることになった。

その帰りがけ、

「もし落合さま」

しのぶに勘兵衛は呼び止められた。

「落合さまにおかれましては、二世《にせ》の契《ちぎ》りをお結びになられたとか。これはつまらぬものですが、夫婦箸をご用意いたしました。どうぞ、お持ち帰りくださいませ」

「これは、またもや忝《かたじけ》ないことでございます。では、遠慮なく頂戴いたしましょう」

やはり大岡の配慮であろう、大岡からは人形筆を、しのぶからは夫婦箸を贈られたわけだ。

土間では遠藤新九郎と、やはり年若の堀内直之が提灯に火を入れている。

勘兵衛も提灯を用意してきたが、外を確かめると半月が浮かび、夜歩きに不自由はなさそうだ。

そこで火縄に火だけをもらってから、飯田坂へ出た。

ご新造のしのぶに挨拶をしたのち、一番最後に［若狭屋］を出た勘兵衛だったが、階段を下りながら。

（む！）

物陰から出た人影が、尻端折《しりはしょ》りしながら坂を駆け下っていくのを、目ざとく捕らえていた。

「………」

（金魚の糞、ではないか？）

そう思われた。

（さては……）

と思ったが、大岡たちに気取られないよう小さく頭を下げて、

「では明日、お会いいたしましょう」

「よろしくお願い申す」

と。羽倉が返し、

「頼んだぞ」

大岡が声をかけてきた。

互いに挨拶を交わし、勘兵衛は大岡一統と右左に別れた。

勘兵衛が坂を下るのとは逆に、大岡一行は坂を上っていく。

飯田坂を上り詰めたあたりが田安《たやす》御門外、その北西の角にも火の見櫓を建てた、旗本、花房外記《はなぶさげき》の火消屋敷がある。

その火消屋敷の前を、江戸城内堀に沿って左折すれば、やがて大目付、大岡忠種の江戸屋敷がある千鳥ヶ淵へと至るのだ。

勘兵衛は、しばし大岡一行の背姿を見送ったのち、おもむろに坂を下りはじめた。

江戸の商家のほとんどは、暮れ六ツ半（午後七時）には店を閉じる。

だから飯田町に並ぶ商店も、ほとんどが大戸を下ろし、人影も少ない。

（もし、待ち伏せを食らうとすれば……）

と勘兵衛は考え、足を止めた。

ずっと坂下には俎橋があって、橋袂の辻番所には辻行灯の灯りがある。

辻番所から南へ通じる道はなく、素直に俎橋を渡るか、北へ向かうかしか選択肢はない。

だが、橋まで下るまでもなく、飯田町と武家地の間に十字路があり、どちらに曲がろうと町宿までの距離に大差はない。

（と、なれば……）

まさか、辻番所前近くでの待ち伏せはなかろうし、確実を帰するならば、あの十字路のあたりだ。

そう読んだ勘兵衛は、提灯や土産などを入れた包みを右腰に吊るしたのち、再びゆっくりと坂を下りはじめた。

と――。

あまりに勘兵衛が遅いのに焦れたのか、十字路の左角から顔を覗かせ、あわてて引っ込めた者がいた。

（ばかめ……）

勘兵衛は薄笑いしながら大刀の鯉口《こいぐち》を切り、左手で帯の鉄扇を確かめる。

そして十字路の手前で、ぴたり足を止めた。

左からも、右からも息を殺したような人の気配がする。

(数人は、いるようだ)

「出てまいれ」

と、勘兵衛は気合いを入れた声で呼ばわった。

だが、返事はない。

もう一度、一喝《いっかつ》する。

「物陰に隠れておるのは、わかっておる。それとも臆したか」

すると左から三人、右から二人、黒い影が出現し、横一列になって無言のまま白刃を抜き放った。

勘兵衛も埋忠明寿作の業刀を抜き、右下段に構えた。

侍が一人、残る三人は風体からして浪人者で、残る一人の町人は駆け下って逃げていく。

急坂で、坂上の勘兵衛が断然に有利だから、さすがに先陣を切って斬りかかってくる者はいない。

おそらくは挟み打ちを狙っていたのが、当てがはずれたのだろう。

なにより見たところ、いささか腕が立ちそうなのは、侍だけであった。

勘兵衛は言い放った。

「栂﨑正成どのと、お見受け申す」

すると侍の身体が、少し揺らいだ。

勘兵衛は続ける。

「行徳代官、渋谷重太郎どのにお伝え願いたい。これ以上、事を荒立てるのであれば容赦はいたさぬ。御家のことも考えられよ、とな」

浪人たちが少しざわめき、侍のほうを見た。

すると栂﨑と思える侍の口から、

「引き上げる」

との声が聞こえ、四人は抜き身を提げたまま、四つ辻の北へと消えていった。

5

翌朝のことである。

「では八次郎、頼んだぞ」

明け六ツ（午前六時）の鐘が鳴り終わるころ、勘兵衛は若党の八次郎を送り出した。向かうは四ッ谷塩町の［冬瓜や］、委細は昨夜のうちに説明しておいた。

早朝を選んだのは、次郎吉が外出しないうちに、との判断からだ。

この日は休の日に当たったが、勘兵衛もまた、そののち愛宕下の江戸屋敷に向かった。

松田が執務室に入るのは、よほどのことがないかぎり、だいたい四ツ（午前十時）前くらいで、勘兵衛もそれに合わせるようにしていたのだが、この日ばかりは半刻（一時間）ほど早く町宿を出た。

で、江戸留守居役宅に入った勘兵衛は、まず玄関を上がってすぐの控えの間の襖ごしに、

「新高さま、いらっしゃいますか」

と、声をかけた。

松田与左衛門の用人の新高陣八が、すぐに顔を出した。

「おはようございます。松田さまに多多ご報告がございまして、かく早くからまいりました次第です」

「おはようござる。ふむ、松田さまも、きょうは落合どのから報告があるはずじゃ、と言われて、すでにお待ちでございますよ」

「あ、そうですか」

さすがは松田さま、と勘兵衛は思う。

で、さっそく執務室に向かった。

すると松田は、

「まだ武太夫はきておらぬ。遠慮のう話せ」

と、せっつく。

「はい。それでは……」

かくかくしかじか、と昨夕の大岡忠種とのやりとりを報告し、さらには五人衆と［冬瓜の次郎吉］一家を組み合わせ、勘兵衛がこれを取り仕切ることになったとも報告する。

すると、それまで、ふんふんと聞いていた松田が、

「そうか。おまえを軍師役になあ。いや、えらく大岡さまに見込まれたものじゃなあ」

「はい。もう冷や汗ものでございました」

「なんの。おまえの実力じゃ。思う存分に腕をふるうが良かろう」

「精一杯、踏ん張らせていただきます」

「それにしてもなんじゃ。越後高田の騒ぎが、この江戸にまで及んだとなると、いずれは幕閣の耳にも入ろうし。ふむ。騒ぎはますます広がろうな」

「そうだろう、と思われます」

「いやいや、事《こと》の成り行きが楽しみじゃ。光長も美作も、弱り目に祟り目という次第か。こんな日がこようとは、夢にも思わなんだわ」

松田は上機嫌だ。

「服部さまの、お手柄でございましょう」

「そうじゃな。ま、高みの見物と言いたいところじゃがなあ」

「なにか、気掛かりがございますか」

「酒井のやつがおるからのう。牛は牛づれ、馬は馬づれ、というやつだ」

「なるほど……」

「ところで勘兵衛、この喧嘩の行方は、どうなると思う」

「やはり、お為方の負け、となりましょうなあ」

「そういうことじゃ。そう考えると、つまらんのう」

そんな会話を交わしているうちに……。

奥のほうから足音が近づいてくる。

「武太夫がきたようじゃ」

襖ごしに声がする。

「おはようございます。平川にございます」

「おはよう。襖を開けよ」

襖が開き、平川の平べったい顔が覗いた。

すでに勘兵衛がいるのに驚いたのか、

「あ、これは……。もしや拙者……、もしや時刻をまちがえたので……」

大いにあわてている。

松田が笑いながら言う。

「きょうは、特別に早うから会うたのじゃ。気にすることはない」

平川は、ほっとしたような声で、

「では、いつもどおり、控えさせていただきます」

襖が閉まった。

「そうそう、もうひとつご報告がございます」

［若狭屋］から帰り道でのことを、勘兵衛は手短かに告げた。

「そうか。尻尾を巻いて逃げよったか。じゃあ、そちらの懸念は片づいたようじゃな。二度とちょっかいはかけてくるまい。いや、安堵、安堵……」

「では、これより、わたしは［冬瓜の次郎吉］のもとへとまいります」

「そうか。ご苦労じゃの」

松田のねぎらいに送られて、勘兵衛は愛宕下の屋敷をあとにした。

きょう、五人衆との待ち合わせを八ツ（午後二時）としたのは、松田への報告を計算に入れてのことである。


勘兵衛の目論見が効を奏し、四ツ谷塩町の髪結床《かみゆいどこ》の［冬瓜や］には、次郎吉以下、子分の藤吉《とうきち》に善次郎《ぜんじろう》、それに為五郎《ためごろう》と全員が揃っていた。

「実はな……」

勘兵衛は事の次第を説き明かし、協力を求めた。

「へへえ、今度は、御家騒動でござんすか。いやあ、お大名の騒動を、わっちらが調べるなんてえのは、世に例《ためし》のねえ大仕事だ。へい、ふんどしを締め直して手伝わせていただきやすぜ」

四角張った、いかつい顔の次郎吉が鼻息荒く張り切った。

越後高田藩がらみの聞き込みに関しては、これで次郎吉たちも、三度目となるから余裕綽綽《よゆうしゃくしゃく》という感がある。

最初は、例の権蔵（直堅）に送られた刺客の件であり、二度目は直明の父、直良病臥の見舞いのため、国帰りする若ぎみの暗殺計画に関してであった。

「では、そろそろ正午も過ぎたゆえ、どこぞで中食など摂ってから、半蔵門のほうへまいろうか。八次郎も朝食が早かったゆえ、さぞ腹が空いたろう」

「あ、いや、つい先ほどに、こちらにて握り飯などいただきましたので、それほどには……」

「そうなのか、それは厄介をかけたな、次郎吉さん」

「とんでもねえ。なにしろ伜《せがれ》の太郎吉《たろきち》がいたずら盛りで女房もてあます始末。つい先ごろ子守《こもり》娘がやめちまったもんで、ろくな料理も作れずに、申し訳ないこって……」

次郎吉の女房のお春《はる》は、一昨年に男の子を産んでいる。

名は太郎吉で三歳だ。

その子の世話をしながら髪結床まで切りまわしているから、猫の手も借りたいほど忙しいに決まっていた。

「そんな折、無理を頼んで恐縮です。ところで近場に、適当なめしやはありますか」

「ごぜえますとも。じゃ、参《めえ》りやすか」

勘兵衛に八次郎、[冬瓜の次郎吉]と子分三人の計六人が、ぞろぞろと髪結床を出た。

本多中務大輔《なかつかさたいふ》政長の死

1

四ッ谷伝馬町《てんまちょう》にある一膳飯屋に入り、

「このあと蕎麦屋で待ち合わせゆえ、腹八分目ほどにな」

と勘兵衛が言ったのに、八次郎は結局ぺろりと昼膳を平らげている。

「ほどよい刻限であろうか」

勘兵衛の一声で、皆が飯屋の土間席から立ち上がる。

次郎吉が住む四ッ谷塩町は、かつて甲州街道への関所があったところから近い。

西へ進むと、すぐに内藤新宿《ないとうしんじゅく》であった。

中食のあと、勘兵衛たちは四ッ谷大道を東に進み、四ッ谷御門を抜けたのちは麴町通りを東へ。

待ち合わせの［砂場］までは半里（約二㌖）ほどだ。

半蔵御門前の［砂場］には八ツ（午後二時）の鐘が鳴る前に着いた。

その蕎麦屋の前では五人衆の一人、遠藤新九郎が迎えに立っていて、

「蕎麦屋の二階座敷を押さえておきました」

「それはありがたい」

八次郎も含めると総勢十一名にも上るから、実に都合がよい。

蕎麦屋の二階といえば、のちには男女の情交の場ともなるのだが、延宝のこのころ、まだそのような使われ方はしていない。

蕎麦屋の油障子を開けて遠藤が、

「親父、もりを十一だ」

注文を通したのち、

「こちらです」

階段の位置を示した。

そののちは二階座敷で、五人衆と次郎吉一家、それに八次郎を引き合わせて、互いが挨拶を交わす。

それが終わったころに、盛り蕎麦が運ばれてきた。

五人衆の統率格である羽倉杢之助が言う。

「ま、蕎麦でもたぐりながら、今後について協議しようではないか。落合どの、いかがか」

「はい。そういたしましょう」

「では、まず、落合どのに方針などあれば、お聞かせを願いたい」

「承知いたしました。まずは箸など取って食いながら話しましょうか」

同じ釜の飯を食う、ではないが、初対面の堅苦しさも、幾分は和《やわ》らぐだろうと考え、勘兵衛は箸を取った。

真っ先に、ずるずるっと音を立てて蕎麦をすすったのは八次郎であった。

勘兵衛が笑いながら言う。

「この者は、とんだ大食らいでございましてな。今朝は明け六ツ前に朝飯を食い、次郎吉親分のところでは握り飯を食い、つい先ほどは一膳飯屋で昼膳を食い、今またこの調子です」

一同から笑い声が漏れ、八次郎は肩をすくめた。

「いや、なかなかに頼もしい。こちらの遠藤も、なかなかの大食らいで、ここに着くなり一階の土間席で、すでに盛り蕎麦を二枚も平らげており申す」

羽倉が言って、また笑い声が起こった。

これで、ずいぶんと座が和やかになった。

しばし蕎麦をすする音が交錯するなか、勘兵衛が口を開いた。

「まず、以降は越後高田藩とは呼ばずに獅子と呼ぶことにいたしましょう」

「しし？　でござるか」

と、羽倉。

「はい。獅子舞の獅子でございます。越後弁のことを獅子ことば、というと教えてくれたのは、ここにおります次郎吉さんですが……次郎吉親分、説明して差し上げろ」

「説明なんて大層な……。なにね。ただ越後獅子に引っ掛けただけのことでござんすよ。実はすぐ近間に［武蔵屋］ってえ居酒屋がござんして、そこは越後高田……じゃねえ、獅子の下屋敷の連中が、大勢出入りするところでござんしてね。そりゃあもう夜ともなれば、店じゅうに獅子ことばが飛び交っておりやす。そういうわけで、そいつに耳を傾けているってえと、へえ、獅子の御屋敷内の噂が自然と入《へえ》ってめえりやす」

「そりゃ、いいことを聞いた」

「へい。このあと、ご案内をするつもりでおりやした」

「そうか、よろしゅう頼む」

　羽倉が満足げに頷いた。

　再び勘兵衛が口を開く。

「思いますに、羽倉どののお仲間が五人、次郎吉さんのほうが四人、それぞれ一人ずつを組み合わせて四つの組を作り、残った一人が遊軍で、臨機応変《りんきおうへん》、いずれかの組を手伝ったり、各組との連絡役の務めを帯びる、という案はいかがでしょう」

「ふむ。異議はない」

「で、獅子の江戸屋敷は、上《かみ》が木挽町《こびきちょう》六丁目、中が麻布《あざぶ》三河台《みかわだい》、下《しも》は、ここから近い平川天神《ひらかわてんじん》の向かいでありますが、こたびの騒動の中心となりますのは、おそらくは綱国さま居住の中屋敷と推察いたします」

「我らも、そう思量しておる」

　と、羽倉。

「では四つの組のうち、二組を中に当て、ひと組ずつを上と下に。なお面体《めんてい》が割れぬよう輪番制が良かろうと思います」

　というふうに協議は進み、五人衆と次郎吉一家の組み合わせも決まって四組ができ、遊軍役には遠藤新九郎が就くことになった。

それから、これは羽倉の案で、五人衆は、着流しの御家人ふうに化ける、あるいは町人を装うことになった。

また越後高田藩の各江戸屋敷で、なにか動きがあったときには折折に、また緊急事態のときは速やかに、勘兵衛もしくは八次郎に連絡して勘兵衛が出張《でば》る、ということも決定した。

だいたいの態勢は、こうして整った。

「では、[武蔵屋] のほうへまいりましょうか」

そうしよう、ということになる。

「一度に入ると、目立ちましょう。まずは次郎吉さん。先に出て、できれば二階座敷を押さえてください」

「合点承知」

まずは先遣隊《せんけんたい》が出発した。

しばらくの間を置いて、勘兵衛たちも [砂場] を出た。

右前方には半蔵御門がある。

この門は江戸城の裏門にあたるのと同時に、西の丸への入り口にもあたった。

また竹橋《たけばし》御門に抜けるため、曲輪《くるわ》内を市民が通行するのを例外的に許した門でもある。

その門前から、麹町一丁目、二丁目、三丁目と西に大道が続く。

四丁目に入ったところで、勘兵衛は足を止めた。

羽倉たちに向かって言う。

「少し先に長床几が並び、脇には馬が繋がれ、大八車があるでしょう。あそこが［武蔵屋］です」

「なるほど、そういえば、六、三、四と書かれた大徳利の軒看板が出ておるな。ところで、あの長床几におるのは、酒でも飲んでおるのか」

「そうです、馬方や車力が、ちょいと一杯という口で、商売道具を盗まれないために、往来で飲み食いしておるのです」

「ははあ、さようか。いや、そなた、よほど下下《しもじも》にも精通しておるようだ。なにゆえ殿の御眼鏡にかなったのか、ようやく合点がいった」

羽倉が感心したような声になった。

2

越後高田藩、江戸屋敷における内部の状況が、次次と勘兵衛のもとに届いた。

それによると、江戸の三屋敷では、いずれも旅装の士の出入りが激しく、江戸から越後高田へ、また越後高田から江戸へと、慌ただしく人の出入りがあることを匂わせている。

特筆すべきは松平光長の動向で、連日のように大名駕籠が出て、大老の酒井忠清屋敷や、老中の久世広之《くぜひろゆき》屋敷を訪ねている。

また一方で光長は、出雲松江藩《いずもまつえはん》江戸屋敷、同藩支藩である広瀬藩《ひろせはん》江戸屋敷、播磨姫路藩《はりまひめじはん》江戸屋敷、越前福井藩《えちぜんふくいはん》江戸屋敷なども歴訪したようだ。

いずれも越前松平家ご一門の大名たちである。

その後、光長のいる木挽町の上屋敷には、姫路藩と広瀬藩の大名駕籠が、しばしば訪れるようになった。

勘兵衛から、その報告を聞いた松田は、

「なるほど。ご一門のうちで、なんとか騒動を収拾しようとしているのは、松平直矩《なおのり》さまと近栄《ちかよし》さま二人だけのようじゃな」

　との感想を漏らし、つけ加えた。

「そういえば近栄さまは、昨年から越後高田の揉め事を心配しておったな」

「はい。越前松平家のご一門が相集い、悶着《もんちゃく》に仲介の労を執りたいとのことでございました」

　もちろん、殿の直明にも誘いがあったが、結局は無視した経緯がある。

で、実際に騒動が起こり、一門のうちから騒動の収拾に乗り出したのは、姫路藩主の松平直矩と広瀬藩主の松平近栄の二人だけということらしい。

二人とも、光長にとっては従弟《いとこ》にあたる。

勘兵衛は、その他の動きについても報告した。

「越後高田においては、美作が隠居をした後釜《あとがま》に、新たに五名の家老が就任したそうですが、そのうち、お為方の荻田主馬《おぎたしゅめ》と多賀谷内記《たがやないき》の二人が江戸にきて、綱国付家老である安藤九郎右衛門の更迭を光長に訴えているとのこと。しかし、光長は一向に首を縦に振らぬそうです」

「なるほどのう」

「また、越後高田からは大目付の渡辺九十郎《わたなべくじゅうろう》とかいう者が、いまやお為派の牙城ともいうべき上屋敷に入り、荻田、多賀谷の両家老を煽《あお》っているそうです」

「ふうむ。よほどに美作は恨まれたようじゃな。まあ、身から出た錆《さび》といえば身も蓋もないが、仄聞《そくぶん》したところでは、不正を正すというよりは、単に美作への嫉妬が大に思えるな。男の嫉妬というのは、まことに厄介なものじゃからのう」

「となれば、お為方とは名ばかりで、早い話が鬱憤《うつぷん》晴《ぱ》らしということになりましょうか」

「そのように思える。となれば、こりゃあもう意地ずくで、泥沼化は必定《ひつじょう》じゃ。意地を通せば道理が引っ込む。姫路と広瀬が収拾を図ろうとしても難しかろう。最後は幕閣の裁定にまでもつれ込みそうじゃなあ」

勘兵衛が得た情報のうち、荻田、多賀谷の両家老の動き、はたまた大目付である渡辺の動向などは、五人衆と次郎吉一家が例の［武蔵屋］にて集めたものである。

今昔を問わず、酒場で交わされるのは上司への悪口、あるいは組織への愚痴や噂話が多い。

それを、九人の耳が拾っていった結果であった。

越後高田藩の家士や又者《またもの》、あるいは中間《ちゆうげん》たちの話を、酒場で拾うのが有効と考えた勘兵衛は、各屋敷から近い居酒屋や料理屋などに出入りする家士にも注意を払うように、との指示をつけくわえている。

この年の立夏は三月二十六日であったが、暦上の夏は四月からであった。

四月一日は衣替えの日にあたり、勘兵衛もこの日より綿入れを袷《あわせ》に替えた。

そんななか、四月二日に、老中の土屋数直《つちやかずなお》が卒したとの報が入った。

常陸土浦《ひたちつちうら》藩主で享年七十二、越前大野藩とは格別の縁もないが、形式的な礼法には則《のっと》って使者を出した。


露月町の町宿では、ときおり勘兵衛夫婦に使用人たちも縁側に集まって、茶飲みをすることがある。

そんなある日――。

「ねえ、あなた、間もなく灌仏会《かんぶつえ》でございましょう」

珍しく園枝が、おねだりをした。

灌仏会は四月八日、現代でいうところの花まつりである。

（ふむ……）

勘兵衛は、しばし考えた。

五人衆や次郎吉たちが踏ん張っているさなかなのだが……。

といっても一刻の猶予《ゆうよ》もない、といった切迫した状況ではない。

(忙中、閑あり、ともいう……)

なにより、園枝が願いを立てるなど滅多《めった》にないことであった。

「じゃあ、でかけようか」

すると八次郎が、

「どうせなら、皆で出かけましょうよ」

と、頬をゆるめる。

「それはいいが、その日は留守にする、と次郎吉さんたちに断わりを入れねばならぬぞ」

「はい。きょうにも了解を求めてまいります」

張り切った声で答えた。

こうして、一家揃って詣でようかとなった。

「では、近間で築地本願寺《つきじほんがんじ》にしようか」

勘兵衛の提案に八次郎が言う。

「どうせなら、回向院《えこういん》にしませんか。あそこがいちばん賑やかですし、なにより築地本願寺は、まだ再建中でありますし……」

京の西本願寺別院として建てられ、〈浜町御坊《はまちようごぼう》〉と呼ばれた江戸別院は、かつては浅草御門の南、横山町にあったが、明暦《めいれき》の大火で焼失した。

ところが元の場所での再建が許されず、代替え地として与えられたのは、八丁堀沖の海上であった。

そこでその地を埋め立てて〈築地〉と呼び、土地造成後に建築が始まったが、いまだ完成には至らない。

といっても、仮本堂もあり、定例の法要は滞《とどこお》りなく務めていると聞いていた。

八次郎の進言に、勘兵衛は答えた。

「おまえの言いたいこともわかるが、人でごった返すところは、いささか苦手なのだ。それに築地の本願寺は、すでに大伽藍《だいがらん》の普請もはじまり、来年春には再建が成ると聞く。焼失してより、実に二十二年もの歳月をかけた血と汗と涙の結晶だ」

「ははあ」

「明暦の大火は、わたしが二歳のとき、おまえはまだ生まれてもおらぬ。それほどの年月をかけたのだ。そしていよいよ来年には再建が叶う。雨に沐《かみあら》い風に櫛《くしけず》る、その姿を眺めて今後の指針ともしたいのだ」

少少、いたずら心も芽生えて大仰《おおぎよう》に言った。

はたして八次郎はとまどった表情で、

「え、雨に髪洗い……？」

「荘子《そうし》のことばだ。世の荒波に揉まれて苦労することを言う」

「ははあ……」

ぽかん、とした表情になった。

3

八次郎によれば、江戸の灌仏会は、たいがい五ツ（午前八時）どきにはじまり、午前中で終わるという。

露月町の町宿から築地本願寺までは、半里（二㌔）にも満たない。

そこで四月八日の当日、勘兵衛に園枝に八次郎、園枝付き女中のおひさに飯炊きの長助の総勢五人は、五ツ（午前八時）過ぎに町宿を出た。

目指すは築地本願寺。

汐留橋《しおどめばし》を渡り、三十間堀《さんじっけんぼり》に沿う木挽町を歩く。

木挽町は芝居の町で、かつては河原崎座《かわらざきざ》、山村座《やまむらざ》、森田座《もりたざ》が櫓《やぐら》を上げて木挽町三座と呼ばれていたが、十数年前に座元の後継者不在で河原崎座は森田座に合併されたそうだ。

そんなわけで今は二座しかないが、木挽町の通りは相変わらず人で賑わっていた。

「お釈迦《しゃか》さまの誕生日っていいますが、ほんとうでしょうかねえ」

道すがら、八次郎が馬鹿な質問をする。

あるいは先日、荘子の言でからかった勘兵衛へのしっぺ返しのつもりかもしれない。

だが、勘兵衛はまじめに答えてやった。

「言い伝えだから、仕方があるまい。なにしろ天竺《てんじく》（インド）の話だからなあ。ただ四月八日というのは漢暦だというぞ」

「は？　かんれき……？」

「漢字の漢、漢の国の暦のことだ」

「なるほどなあ」

のんきに感心している。

夏に入って、町町には苗《なえ》売りが目立つようになった。

手拭いで唐茄子《とうなすかぶ》被りをした担い売りが、

「苗やー苗。朝顔の苗やー夕顔のない……」

との呼び声が、いかにも田舎びている。

勘兵衛たちは、木挽町五丁目と四丁目の四つ角を右に曲がり、築地川を二之橋で渡って木挽町築地に入った。

築地本願寺は、もう眼前である。

「わあ、けっこうな人出がありますね」

このあたりは武家地で、普段は人通りも少ないところだが、きょうはぞろぞろと通行人が多い。

「そうだな」

八次郎に答えながら、勘兵衛は右前方を眺めた。

そこには、勘兵衛が数え切れぬほど足を運んだ稲葉老中の下屋敷があった。

築地本願寺の敷地は一万五千坪あるが、稲葉老中の下屋敷は三万五千坪以上、その広大さには舌を巻いたものだ。

それはともかく、勘兵衛たち一行は築地本願寺の総門をくぐった。

「へええ」

立ち止まった八次郎が嘆声を発した。

塔頭《たっちゅう》五十七宇と呼ばれる小寺院が、ぎっしりと建ち並んでいるさまは、まさに壮観だった。

「なんだ。入るのは初めてか」

勘兵衛も総門を入ったところで立ち止まり、八次郎に問うた。

「はい」

「そうか。わたしもだ」

足繁く近くを往来しながら、勘兵衛もまた門内に入るのは、これが初めてであったのだ。

総門をくぐった先は、両側に小寺院が櫛比《しっぴ》するなかを広い参道が、まっすぐに伸びている。

また左右にも参道は伸びていて、中央参道以外にも左参道と右参道がある模様だ。

「目の醒《さ》めるような心地がいたします」

いつの間にか、勘兵衛と肩を並べた位置で園枝が言った。

「そうだな。これほどとは思わなかった」

勘兵衛も素直に感想を述べ、

「まずは、まいろうか」

「はい」

足を踏み出した。

左右に十六宇の塔頭を従えて、およそ二町（二〇〇メートル）ばかりを歩むと、仮本堂に入る唐門《からもん》があった。

唐門をくぐると、正面には普請中の大伽藍の骨組みが見える。

そのやや左手に、仮本堂らしきものがあった。

すでに境内には多くの参拝客がいて、仮本堂からは読経の声が漏れてくる。

仮本堂正面より、やや右側に大きな人垣ができている。

そこに灌仏堂がしつらえられているようだ。

「まずは清めだ」

五人揃って手水堂《ちょうずどう》に入り両手を清めたのち、人垣に近づいた。

「懐中には気をつけよ」

掏摸《すり》の用心を告げたのち、長助爺を先頭に園枝とおひさを、その背後には勘兵衛と八次郎がぴったりと付いた。

「まあ、きれい」

園枝が言って、勘兵衛を振り返った。

「うむ」

と、勘兵衛も頷く。

六尺四方ほどの花御堂の屋根には、牡丹《ぼたん》や芍薬《しやくやく》、百合《ゆり》、藤、杜若《かきつばた》などの花花が飾られて美を尽くしている。

人垣も徐徐に進んで前列に出た。

甘茶を満たした灌仏桶の中央に釈尊の像があり、柄杓《ひしやく》で汲《く》んだ甘茶を掛ける。

当番坊主が、甘茶をご所望の御仁は甘茶売りのほうへと、声を涸《か》らす。

そういえば、境内の隅隅には縁日の諸商人が露天を張っていた。

無事に唯我独尊《ゆいがどくそん》の尊像に甘茶を掛け終わったのちに園枝が言った。

「次は本堂で、お参りをしとうございます」

「わかった」

仮本堂正面にまわると賽銭箱《さいせんばこ》は塞がれていて、代わりに結界の先に長尺の白布が敷き詰められていて、おびただしい銭や金子《きんす》銀子《ぎんす》が投げ込まれていた。

五人は、それぞれに賽銭を投げ込み、居並ぶ僧侶たちが法要を営んでいる先の本尊、阿弥陀如来像《あみだにょらいぞう》に手を合わせる。

園枝の祈りは長かった。

「なにを願ったのだ」

仮本堂の階《きざはし》を降りながら勘兵衛が尋ねたが、

「内緒でございます」

涼やかな笑いで、園枝が答える。

「甘茶をいただきましょう」

八次郎が甘茶売りに誘《いざな》う。

甘茶売りの露天屋台は数軒あって、ほかにも草団子や鶯餅《うぐいすもち》やらの屋台もある。

「土産に鶯餅など、求めてまいりましょう」

園枝が屋台に向かった。

「旦那さま」

おひさが小声で言う。

「奥さまは、どうか赤児を授かりますように、と、お祈りされたのですよ」

「ん……。そうなのか」

「はい。ほら先日に、有馬の人形筆をいただきましたでしょう」

「うむ」

「あれ以来、奥さまは、早く子宝に恵まれたいとおっしゃりましてね。きょうの発願《ほつがん》も、それが目的だったのですよ」

「そういうことだったか」

勘兵衛は、少し胸が熱くなった。

「ですから、旦那さまも頑張ってくださいね」

と続いたおひさの言葉に、勘兵衛はむせそうになった。

そういえば、このおひさ、一度は嫁いだものの子ができぬことを理由に離縁されたと聞いていた。

ところで、勘兵衛の耳には、まだ届いてこぬが、将軍家綱の子を宿していたお満流《まる》の方《かた》は、この四月初旬には流産している。

4

灌仏会から十日ばかりが過ぎたある日、五人衆の統率者である羽倉杢之助が、早朝のうちに露月町の町宿に訪ねてきた。

「なにごとかございましたか」

とりあえずは座敷に上げて、勘兵衛が問う。

「いや、なんとも面目《めんぼく》ない仕儀となり申してな」

羽倉が深ぶかと頭を下げるのを見て、

勘兵衛は訝《いぶか》るというより、いやな予感にとらわれた。

（はて……？）

「実はな……」

頭を上げた羽倉が言う。

「いよいよ、獅子の騒動を幕閣が取り上げることになった。委細は酒井大老を中心に老中の久世広之さま。それから大目付は渡辺綱貞《わたなべつなさだ》……」

（ははん）

担当大目付が渡辺綱貞と聞いて、勘兵衛は直感的に腑に落ちた。

以前に勘兵衛は、大岡忠種から渡辺綱貞の悪口を聞かされたことがある。

渡辺は小姓組与力から、一番組新番頭に昇進したと思ったら、あれよあれよという間に町奉行に昇り、大目付にまでなった。

その異例の昇進の早さから、酒井大老に大枚の賄賂を送った、との噂がつきまとっている。

「殿が言われるには、渡辺が出たなら、もはや我らの出番はない。越後高田の件からは、即刻手を引くように……と」

勘兵衛は、むしろ静かに答えた。

「ごもっともなことです。承知いたしました」

「せっかく、いろいろとお骨折りをいただいたのに、まことにすまぬな」

「なんの。お気遣いは無用です。どうぞ皆様にも、よろしくお伝えください」

なんとも思いがけない結末となった。

（こういうのを、オケラの水渡りというのか……）

大岡が、業腹を煮やしたことはまちがいないが、勘兵衛は少し虚脱感を覚えた。

と、同時に――。

（これで、のびのびできる）

思えば、越後高田の騒動を調べたところで、なんの利もない。

そう考えると、一種の解放感のようなものも覚えるのであった。

それから半刻（一時間）もたたぬうちに、今度は［冬瓜の次郎吉］がやってきた。

「委細は羽倉どのから聞いた。なんとも中途半端なことになったが、世話をかけたな」

言った勘兵衛に、

「なんの、なんの」

次郎吉は手をひらひらと横に振り、

「大岡さまがやめると言われても、あっしらはそういうわけにはいかねえ」

「どういうことだ？」

「考えてもみなせえ。先《せん》にも言いやしたが、あっしらみてえのが、お大名の裏を探るなんてえのは、とひょう途轍《とてつ》もないこってござんすよ。もう、おもしろくって仕方がねえ。お手当もたっぷりもらったことだし、しばらく続けさせていただきやすぜ」

「そりゃ、まあ、好きにしてもらって良いが……」

どうも妙なことになったな、と勘兵衛は思う。


こうして勘兵衛に、再び平安な日日が戻ってきた。

「いい陽気になったのう」

松田もまた、このところ、焦眉の急もないし平穏無事が続いているからか、勘兵衛を相手に囲碁をするくらいで、

「これはこれで、退屈じゃなあ」

などと、のたまう。

「次郎吉親分の話では、近ごろは越後高田の光長と、御養子の綱国さまとの仲が険悪

らしいと言います」

「そうらしいなあ」

「ご存じでしたか」

「いや、あまり暇ゆえにな。きのう、稲葉さま上屋敷に御機嫌伺いにまいったのじゃよ」

「さようで」

「ふむ。無論、稲葉さまは留守じゃったが、珍しく留守居役の田辺《たなべ》さまが相手をしてくれてのう」

稲葉正則は老中でもあるが小田原《おだわら》藩主で、留守居役で江戸家老の田辺信堅《のぶかた》には、勘兵衛も下屋敷で会ったことがある。

謹厳実直が羽織袴でいる、といった印象の人物であった。

松田が続けた。

「田辺さまの話では、お為方から綱国の付家老である安藤九郎右衛門を更迭《こうてつ》せよ、と突き上げられた光長は、ようやっと腰を上げたようじゃが、綱国がそれを突っぱねたそうでな……」

「ははあ、それゆえに……」

「まあ、綱国にしてみれば、小栗美作は後継者選びのときに自分を推してくれた、いわば恩人じゃ。つまりは美作の味方。一方光長にしてみれば、安藤を引きずり下ろせば、お為方も矛《ほこ》を収めようとの目論見で、綱国相手に綱引きを続けているうちに親子喧嘩が高じて血が上り、おのれ綱国め、廃嫡にしてもかまわぬ、というところまで関係が悪化した、というのじゃがな」

「まあ、なんと……。いや、まあ、どっちもどっち。大人げないことで」

「大人げないのは光長じゃ。綱国は、まだ十八の若造じゃぞ。還暦を過ぎた光長が、そんなのを相手に手こずるなんざ、ちゃんちゃらおかしい」

「まことに……」

「人の不幸は蜜の味、ともいうが、あの騒ぎ、一向に収まりそうもない。どう決着がつこうと、わしゃ、もう興も醒めて、うんざりしておる」

「まあ、ここまでくれば、他人《ひと》ごとではありますなあ」

かつては謀略に踊らされた憎い相手ではあったが、今さらの感がある。

「それより勘兵衛、梅雨がはじまらぬ間に、行楽などどうじゃ」

「それは、いつにてもお供をつかまつりますが、どちらがご所望でございましょう」

「そうじゃなあ。牡丹の名所は、深川八幡宮別当の永代寺、藤の花なら佃島《つくだじま》の住吉《すみよし》社《しや》、霧島躑躅《きりしまつつじ》は……そうそう、亀戸《かめいど》村の常光寺が名所じゃが、さあて、いずれがよかろうかのう」

人というのは暇なら暇で、思い悩むものであろうか。

ところで越後高田藩の騒動は、舞台を江戸に移した感があるが、小栗美作が隠居したのちは沈静化していた国許においても、またぞろ騒ぎが起こっている。

高田城下には、小栗美作の屋敷に焔硝《えんしよう》と書かれた荷駄が運び込まれた、という噂が広がり、美作が城下に火を放つ、との流言飛語《りゆうげんひご》が飛び交い騒然とした。

四月十八日のことだ。

結果、夜になり五百を超えるお為方の家士が武装して小栗美作の屋敷を取り囲んだが、美作は動かず、いつしか騒ぎも沈静化した。

あわてる蟹《かに》は穴へ入れぬ、というが、心の平静を失った群集心理の好例であろうか。

5

舞台は転じて、大和郡山の城内である。

四月十七日は安国院《あんこくいん》（徳川家康）の御忌日にあたった。

大和郡山本藩の主《あるじ》である本多中務大輔政長は、手ずから食膳を仏壇に供え、これを下げたのち、自ら食することを慣例としていた。

七日ののち、四月二十四日はこれまた台徳院《たいとくいん》（二代将軍秀忠）の御忌日にあたり、再び政長は食膳を供えたのち、これを食した。

膳上に最後に残ったのが、片岡道因《かたおかどういん》が製した〈月ヶ瀬《つきがせ》漬け〉なる甘露《かんろ》梅が二粒。

これは梅の実を赤紫蘇の葉で包んで、蜂蜜や砂糖に漬け込んだものだ。

医師の道因によれば、食欲増進と体力回復に効ありとのことで、政長は毎食後にこれを二粒ずつ、デザート感覚で食していた。

まず一粒、そして二粒目、食したのち膳は片づけられたが、しばしののちに——。

「う……」

胸を押さえて、政長が苦しみだした。

「殿、いかがなされました！」

駆け寄ったのは児小姓《ちごこしょう》の天神林藤吉《てんじんばやしとうきち》と四月朔日三之助《はたすきさんのすけ》の二人、異変に気づいた別の小姓が仏間を飛び出していった。

毒殺を疑ったためだ。

実は十七年前にも似たような事件が起こり、政長の弟である政信《まさのぶ》が毒殺されている。